最後から一番目の恋

神経衰弱ぎりぎりの男たち 3

高遠春加

CHARADE BUNKO
二見シャレード文庫

目次
C O N T E N T S

イラスト――東山紫稀

打ち上げ花火、一人で見るか？　二人で見るか？

「やっぱり年中行事をきちんと消化するのは日本人の務めだと思うんだよ」

「務めね」

拳《こぶし》を固めて力説する俺、七瀬出《なのせいずる》に、目下同棲中の恋人はちらっと笑った。

「そう。まず正月は初詣《はつもうで》だろ。今年も一年無事に過ごせますようにってお願いしとかないと。それからうちはちゃんと七草粥《ななくさがゆ》食べるんだ。じいちゃんがそういうのこだわるから。二月は豆まきもする。東京来るまでは俺が鬼の役だったんだけど、弟たちが面白がって本気で豆ぶつけるからさ、あれけっこう痛いんだぜ。それから二月は…バレンタインデーか…まあ、これはこっちの意志ではどうにもならないからおいといて」

というところで恋人の顔を窺《うかが》った。無表情に煙草《たばこ》をくわえて火を点《つ》けている。

恋人は名前を高槻匡一《たかつききょういち》といって、コンピュータなんてあだ名をつけられてる医学部の秀才だ。そんな男だからポーカーフェイスはお得意で、なかなか表情が読めない。

「あのさ、匡」

「ん」

「バレンタインのチョコって、たくさんもらっただろ」

上目遣いの俺に、匡一は煙草をくわえた薄い唇を片側だけ上げて苦笑いした。

「まあ、わりとな」

何がわりとだ。それだけ整った顔してれば、いくら愛想が悪くたってお釣りがくるだろ。

「それ、ちゃんと食べるの？」

「いや、俺甘いものはちょっと…。だからいつも直巳《なおみ》さんの妹にやってた。直巳さんもけっこうもらうだろ。あの人男女問わず友達多いしさ。で、食いきれないって直巳さんも妹にやっちまうんだ。だから妹たちが…あ、二人いるんだけどさ、太るだのニキビができるだのって毎年うるさくて」

「へえ…」

匡一の元お隣さんで医者の直巳さんは、優しいし背高いしまあ二枚目だから、女の子に人気ありそうだ。妹が二人って言われると、たしかにそんな雰囲気ある。いいお兄さんって感じ。

「匡、その妹さんたちと仲いいの？」

「べつによくない。隣だから知ってるってだけ」

匡一は素っ気なく言って缶ビールをあおった。匡一は風呂上がりで、くつろいだ様子で新聞を読んでいたところだった。コンタクトもはずして眼鏡《めがね》をかけている。おまえも早く入ればって言われたんだけど、俺はこうしてテーブルの向かいの席に陣取っている。ここ一週間ほどずっと、機会があればこうして匡一の説得を試みているのだ。

「直巳さんの妹さんたちってどんな人？」

「うーん…、どんなと言われても…」

あんまり楽しい話題でもなさそうに、匡一はじわりと眉《まゆ》をひそめた。

「直巳さんのひとつ下の逸美《いつみ》さんってのがさ、バリバリのキャリアウーマンで、ちょっと前まで商社勤めだったんだけど、こないだ会社作って独立したんだよな。いつ会ってもパワフルで怖いものなしでさ、俺はあの人にはできるだけ近づきたくない」

「匡が負けちゃうんだ」

「あの人に勝てる男がいるかよ。あれは吉祥寺《きちじょうじ》家最強の女だぜ。たちの悪いことに美人だしな」

「美人ならいいじゃん」

「馬鹿野郎。美人で強くて自分でそれをわかってるんだ。最悪だよ」

あああ。こういうところに、秀才のくせに遊んでて、来るもの拒まずだった過去がほのみえるよなあ。

「で、その下がだいぶ年離れてて、まだ高校生なんだ。晶《あきら》っていうんだけど。直巳さんは晶にベタ甘でさ、あの人いつまでも実家にいるのは晶のためなんだぜ。晶に出ていかないでって言われてるからって。あいつブラコンなんだよ」

「へええ、初耳。…その子、かわいいの？」

「まあ、かわいい方なんじゃないか」

「……」

「なんだよ」

「……つまりさ、その子も匡の幼なじみってことだろ」

「そうなるかな」

「その子、ちっちゃい頃匡に、大きくなったらお嫁さんにしてねなんて言ってなかった？」

「よくわかったな」

言ってから匡一は、しまったという顔で目を逸《そ》らした。

「…まあ、晶のことはおいといて」

「おいとかないっ」

匡一はため息と一緒に長く煙を吐き出した。

「べつに俺は何もしてないよ。苦労してたんだ」

「苦労ってなんだよ」

「俺が一人暮らし始めた頃にさ、晶がいきなりここに来て…。直巳さんたちは晶にここの住所は内緒にしてたんだけど、あいつ大学から俺をつけてきたんだ。で、いきなり俺にバージンもらってくれとか言い出して」

俺は飲んでた烏龍茶《ウーロン》が気管に入って思いっきりむせた。

「あいつまだ中学生だったんだぜ。直巳さんに連絡して引き取りにきてもらったんだけど、晶はもらってくれるまで帰らないって泣きわめくし、そのうち逸美さんまで来て、俺に責任取れとかすごむし…。逸美さんもシスコンだからな。まったくあそこの兄妹は…」

げほげほと収まらない咳《せき》の合間に、俺は言った。

「…も、もらっちゃったの？」

「アホ。いくら俺だって、そこまで見境なくはない。直巳さんと逸美さんがはがいじめにして連れて帰ったよ」

「はあ…」

ま、隣にこんなお兄さんがいたら、初恋くらいはしちゃいそうなもんだけど、なんとも積極的な子だな。

「今でも会ってるの？」

「教授に時々自宅に食事に呼ばれるからな。その時に。ここには来るなって言いきかせてあるから」

「……」

今、高校生かあ。もう圏内だよな。それでかわいくて、昔から匡一を知ってるんだ。吉祥寺家の人なら、匡一んちの家庭の事情だって知ってるんだろうし。

「何を考えてるんだよ」

「…べつに」

わかっているのかわかってないのか、匡一は深く追及しないで煙を吐く。

ふと思ったんだけど、匡一って、嫉妬《しっと》という感情を知っているだろうか。こんなにきれいな顔で、冷たい切れ長の目で、誰かにどうしようもない泥沼みたいな嫉妬をしたことがあるだろうか。

ないだろうな、と思った。匡一って、そもそも自分から恋愛をしたこともふられたこともなさそうだ。

「なあ、話がずれてると思うんだが」

匡一の言葉で俺はふっと我に返った。

「あ、…ああ、えーと、なんだっけ」

「日本人の年中行事に対する義務感について」

「……そんな社会学のレポートみたいな話だったわけじゃ……」

俺は懸命に話の続きを思い出した。

「そうだった。バレンタインデーから話がずれちゃったんだ。ええと、それで……春になったら花見だろ。あ、その前にお雛《ひな》さまか。うちも妹がいるからさ。で、五月に子供の日があって、それから……お月見に、クリスマスだろ。で、除夜の鐘を聴いて一年を締めくくると」

「夏が抜けてるな」

「そこだよ」

俺はにやっと笑った。匡一は天井に向かって煙草の煙を吹き上げた。

「話の行き着く先がわかったよ。まあ、最初からわかってたけどさ」

あんまり乗り気じゃなさそうな匡一に、それでも俺は食い下がった。

「夏といえば！　花火でしょう。そしてお祭り。悪いけど、俺は日本人としてこれだけははずせない」

「べつにおまえにはずせとは言ってない」

「だからさあ…」

「行ってこいよ。止めてないだろ」

「だーかーら」

これだ。

ここ最近の俺たちの話題といったらこれにつきる。

カレンダーはもう八月に入っていて、今大学は夏休みだ。お盆も近くて、実家が静岡にある俺はお墓参りに帰省しようと思っている。

「わりと大きな川があってさ、そこで花火大会があるんだ。けっこう盛大なんだよ。夜店もたくさん出てさ」

「ふうん」

「そのあたりの子供はみんな行くんだ。中学生くらいになるとカップルでさ。うちの中学じゃ、一年の夏祭りまでに恋人ができなかったら三年間できない、なんて伝説があったくらいだよ」

匡一は軽く笑った。

「そりゃなんの根拠もない伝説だな」

「そういう年頃なんだよ。とにかくそれくらいビッグイベントなんだ。俺も、こっち来てからも日にち合わせて帰省して、向こうの友達と一緒に行ってたんだ。でもさ、来年は四年で就職活動でそれどころじゃないだろ。就職したらいつ夏休みが取れるかわかんないし…。だからさ、今年はどうしても行きたいんだよ」

「だから行ってくればいいって言ってるだろ」

「一緒に行こう」

何度目かもわからないセリフに、匡一は何度目かもわからないため息をついた。

「七瀬、悪いけど…」

「わかってる。よその家なんて落ち着かないよな。うちうるさいし。でも歓迎する。匡に来て欲しいんだ」

「……」

あからさまに断るのは悪いと思っているんだろう。匡一は困ったように煙草を何度もふかした。

実は、これと同じような会話を去年の暮れにもした。俺と匡一は去年の秋から一緒に暮らしている。

そもそも俺は最初は一人暮らしをしていたんだけど、去年の秋にあろうことか俺の住んでいたアパートに大型トラックが衝突した。それも俺の部屋に。で、ほとんど着の身着のまま放り出された俺は、夜の街で匡一に拾われたのだ。といってもべつに色っぽい話じゃない。たまたまはずみで匡一が俺に怪我《けが》をさせてしまったものだから、その責任を取ってくれただけだった。

で、まあ、初めはそれだけだったんだけど、その後なんだかんだでいろいろあって（詳しくは言えないけど）、結局今は同居が同棲に落ち着いている。

それでそれまで俺はお盆や暮れには必ず帰省していたんだけど、東京生まれで実家のない匡一はどうすんのかなって気になって訊《き》いてみた。そしたら、いつもどおりにひとりでマンションで過ごすというので、俺はかなり強引に匡一を実家に誘ったのだ。

その提案は人見知りをする匡一に断られたけど、世間がこぞって家族と過ごす正月に匡一をひとりにするのが嫌で、俺は帰省するのをやめようかと思った。だけど家族が寂しがるだろうと匡一に説得されたうえ、二日に匡一の義理のお母さんが来ると聞いて、結局ひとりで帰省したのだ。複雑な経緯があって一緒に住んではいないけど、今んとこ匡一の唯一の家族なんだし、それなら俺は邪魔だろうと遠慮したわけ。

だけど離れている間、特に騒がしい家族に囲まれていると、ひとりで置いてきた匡一のことが気になって気になって仕方なかった。毎晩マンションに電話をした。電話で匡一はまったく変わりなく話していたけど、そうされればされるほど遠い距離がもどかしくて、結局俺は正月三日には飛んで帰っていた。

だからせめて今年の夏くらいは、一緒に過ごしたい。

「匡と一緒に花火、見たいんだ」

「……」

匡一は眼鏡をはずして、疲れた大人みたいな仕草で眉間《みけん》を指で押さえた。それからまっすぐに俺を見た。

「七瀬」

「あ、うん」

匡一はちょっと困ったような優しい目をして笑った。

「おまえはきっと俺に気を遣ってくれてるんだろうけど、でも俺はひとりで過ごす夏休みも正月も慣れてるんだよ。ずっとそうだったから。だから、俺のことは気にしないで、家族と過ごしてこいよ。帰ってきてくれたらそれでいいんだ」

「……」

帰ってきてくれたらいいって、ふだん甘いことをほとんど言わない匡一が譲歩してくれてるのがわかった。もうこれはあきらめないといけないなって雰囲気だった。

だけど。

「……あのさ」

俺はテーブルの表面を見て話した。

「一人暮らしって、慣れればそんなに寂しくないけど、でもたとえば家族や友達が泊まっていった後に、ぽっかり寂しくなったりしない？　それまでは平気だったのに、たった一日でも誰かがいて、それでその人が帰っちゃうと、昨日までの比じゃなく寂しくなるんだよね。寂しさって、慣れたりしないと俺は思うんだ。なんかのきっかけで、すぐに、すごく新鮮な切り傷みたいに寂しくなっちゃうんだよ」

「……」

「べつに俺がいなくなったら匡が寂しいだろうって傲慢《ごうまん》に思ってるわけじゃないんだ。……寂しく思ってくれると嬉《うれ》しいけどさ。でも、そうじゃなくて、俺が……うん、俺が、匡と離れると寂しいんだよ。家族といても、匡がいないと寂しいんだ。匡を知っちゃったから、匡がいない寂しさを知っちゃったんだ。だからさ、これは俺のわがままでしかないんだけど」

なんだか泣き落としにかかっているような気がしたけど、でも正直な気持ちだった。

「今度いつ見られるかわからないあの夏祭りの花火、匡と見たいんだ。だから一日でもいいんだけど……だめかなあ」

匡一がふっと息を吐く気配がした。顔を上げようとすると途端に、ばさっと何かが頭の上に降ってきた。視界が暗くなって、慌てて手をやるとがさがさと鳴る。どうやら匡一が読んでいた新聞みたいだった。

「何すんだよ」

「あんまりかわいいことを言うもんじゃない。顔がゆるむだろ」

新聞紙を上から押さえられた。いつのまにかすぐ側《そば》に匡一が来ていた。

囁《ささや》くような声が耳元で言った。

「――わかった。負けてやるよ」

「俺のすぐ下がねえ、彩《あや》っていって、今高校一年なんだ。高校入ったら急に色気づいてきてさあ、生意気なんだよ。それからその下が聡《さとし》で、小学四年生。すっごいやんちゃな奴なんだ。んで、一番下が遊《ゆう》。来年小学校に上がるんだ。こいつは泣き虫」

「ユウってのは男の子？」

「そ。うちは男三人に女一人なんだ。だから彩だけ中学入った時に一人部屋もらってさあ。俺なんか受験の時も聡と一緒の部屋だったのにさ」

バスを降りて、こぢんまりした商店の並ぶ懐かしい道を歩く。うっかりするとスキップしてしまいそうなくらい、自分が浮かれているのがわかった。新幹線を降りた時から、いや、匡一と二人でマンションを後にした時から、俺は遠足に行く子供みたいにはしゃいでいた。

「おまえんとこも直巳さんとこと一緒で、一番下とけっこう離れてるんだな」

「うん。遊は俺が高校一年の時の子だもんな。オムツとかけっこう世話したぜ。なにせ四人兄弟の長男だからさ、俺、この年で育児プロ級」

振り返ると匡一は目で笑った。

これから匡一を家族に会わせるんだと思うと、なんだか胸の内側がくすぐったいようでじっとしていられない。なったことはないけれど、結婚相手を親に紹介する女の子みたいな気分だ。もちろん恋人だなんて言えるわけはないんだけど。

しばらく歩くと、商店街の中ほどにさして大きくも新しくもない看板が見えてくる。うちは書店を経営していて、店舗と住居が一緒になっている。一階が店と居間や台所、二階が家族の寝室って造りだ。俺は小走りに先に立った。

「ここ、ここ。俺んち」

「ふうん」

匡一はものめずらしそうに見回している。ちらっと店内を覗《のぞ》くと、父親がレジに立っている後ろ姿が見えた。昨今の書店経営の厳しい波はこんな地方都市にも押し寄せてきてるけど、さいわいご近所さんや近くの中学の生徒さんたちがよく来てくれていて、なんとかもっているらしい。

「家族の玄関はこっちなんだ」

俺は店の横手から裏に回った。

「ただいまあー」

呼び鈴は押さないで、玄関を勢いよく開けながら中に声をかける。今日帰ることは言ってあった。すぐに「おおにいちゃんだっ」って声と、足音がぱたぱた聞こえてきた。おおにいちゃんは大きいおにいちゃんの略だ。

「おおにいちゃんっ」

一番先に玄関に飛び出てきたのは、下の弟の遊だった。なにしろ俺は遊が二歳の時に家を出てしまっているので、見るたび大きくなってびびる。

「おー、遊、でっかくなったなあ」

さっそく靴を脱いで家の中に上がって、子犬みたいに足にまとわりついてくる遊を抱き上げる。このくらいの子供は感情表現がストレートで、掛け値なしにかわいい。抱き上げた体を頭を下にして振り回すと、遊は高い声で笑った。

「お兄ちゃん、おかえりぃー」

次に階段を下りてきたのは彩だった。タンクトップにショートパンツで、アイスキャンディーを舐《な》めながらぺたぺたと歩いてきた彩は、廊下の真ん中でぴたっと止まった。

「あ、彩。ただいま」

彩はぽかんと立ちつくして、まだ靴を脱いでいない匡一を見ている。匡一がちらっと頭を下げた。

「あ、友達連れてくるって言ったよな。ええと、同じ大学の…」

「やだっ」

いきなり叫んでくるっと身を翻すと、彩は電光石火のスピードで階段の上に消えてしまった。取り残された俺と匡一は、あっけに取られて階上を見上げた。

「……どうしたんだ？」

「いや、なんかわかんないけど…」

「俺、顔怖いかな」

「そういうんじゃないと思うけど…」

俺は逆さに抱いたまんまの遊に訊いた。

て」

「さとにいちゃんはねえ、がっこうのプール！」

「そっか。遊、ちょっとお姉ちゃん呼んできな。お客さんにちゃんとあいさつしなさいって」

「遊、聡は？」

「おきゃくさんにちゃんとあいさつしなさい」

「そう。遊はできるよな」

まっすぐに廊下に下ろすと、遊は今初めて気づいたらしくぱちぱちと瞬《まばた》きしながら匡一を見て、俺の足に抱きつきながら「こんにちは」とたどたどしく言った。匡一はちょっと笑って「こんにちは」と返してくれた。かなり人見知りをする遊は、はにかみながら俺の足にぎゅっとしがみついてくる。頭をなでてお姉ちゃん呼んできてなと頼むと、はあいと素直に階段を登っていった。

「出。おかえり」

最後に母親が奥から出てきた。

「ごめんね、今ちょっとお店の方にいたもんだから。まあ、いらっしゃい」

店用のエプロンをしたままの母親は、にこにこしながら匡一に頭を下げた。母さんは小柄で一見華奢《きゃしゃ》に見える人なんだけど、こう見えて本のたくさん詰まった段ボール箱を平気で持ち上げたりする。なにしろ四人の子供を産んで育てている人なので、たくましいのだ。俺はどっちかというと女顔で、兄弟の中では一番母親に似ていると言われている。

匡一はいくぶん固い声で、「はじめまして。高槻です」って頭を下げた。

「出がいつもお世話になっています」

「いえ…。こちらこそ」

さすがに男と同棲しているなんて言えないので、俺は両親には同じ大学の人と部屋をシェアして借りているって言ってある。その方が家賃が浮くからって。ほんとは俺たちの住んでいるマンションは匡一の持ち物なんで家賃はかからないんだけど。

「お疲れでしょう。どうぞあがってください。今冷たいものいれますからね」

「おじゃまします」

俺は匡一を居間に案内した。匡一は口数が少なくて、やっぱりちょっと落ち着かなそうな感じだった。

台所に行った母さんを手伝おうと居間を出ると、いきなり横から腕をつかまれて廊下の隅に引っ張りこまれた。彩だった。

「なんだよ、おまえ、俺の友達にあいさつもしないで。……おまえ、なに着替えてんの？」

彩はさっきはショートパンツ姿だったのに、今はなんでかノースリーブのワンピースに着替えていた。無造作にふたつに結んでいた髪も肩に下ろしている。

「ちょっとお兄ちゃん、聞いてないよ！」

「は？　何が？　友達連れてくって母さんに電話で言っといただろ」

「うっそ！　今までお兄ちゃんの友達にあんなヒットな人いなかったじゃないよ！」

「…おまえ、それは俺のほかの友達に失礼ってもんだろ」

「あの人、お兄ちゃんと同い年に見えないよ」

「ふたつ上だよ」

「やっぱり。おんなじ学部の先輩?」

「いや、匡一は医学部…」

「医学部! お兄ちゃんでかした!」

「ああ?」

はっと気づくと彩の目は少女マンガみたいにハートが飛んでいそうだった。そうか、そういうことか。それでこいつわざわざ着替えてきたのか。

「あのな、匡一はだめだぞ」

「えっ、なんで? 高校生なんて相手にしてもらえない?」

「ていうか、その…、こっ…、恋人が、いるからさ」

まさかそれが自分だとは言えない。平静を装ったけど、かああっと耳に血が昇った。彩はあからさまに肩を落とした。

「ちえええっ。やっぱそっかあ。そうだよねえ。いないわけないよねえ。美人? 頭いい人?」

「いや、美人ってわけでも……頭もそれほど……」

ぶつぶつと口の中でごまかすと、彩はきゅっと眉をひそめた。

「お兄ちゃん、お友達の彼女悪く言っちゃだめだよ」

「……」

　俺はわりと謙虚なんだよ、こう見えても。

「いいや。後で一緒に写真撮ってもらおーっと」

「なんでおまえが匡と写真撮るんだよ」

「友達に見せびらかすに決まってんじゃない」

「……」

　妹といえども女の子の思考回路はよくわからない。

　ちょうどそこにトレイに麦茶のグラスを載せた母さんが台所から出てきたんで、彩は「あたしが持ってくっ」と素早くそれを奪って居間に入っていった。やることなくなったんで俺も居間に戻ると、匡一はいつのまにか、じいちゃんと座卓で向かい合わせで将棋の話なんかしていた。

「そうか。若いのに将棋をなさるか」

「かじった程度ですが…。お世話になった隣の人に教えられたので」

「いや、こいつは嬉しい。うちの孫たちは誰も覚えてくれんでな。ぜひ一度手合わせを…」

　……匡一が、俺の家族のうちで誰より早くじいちゃんに馴染《なじ》むとは思わなかった。さすが年上キラー。その匡一の前にグラスを置いて、よそゆき顔の彩がさっそく隣に座り込む。

「あのう、あたし妹の彩です。今高校一年です。はじめまして」

すべての語尾にハートがついてる感じだ。そんな声、いったいどこから出してんだ。兄ちゃんは聞いたことないぞ。

笑いかけられた匡一は、「あ、どうも。高槻です」なんて困ったように返している。

「高槻さん、医学部なんですよね。すごいですよね」

「…べつにすごくないと思うけど」

「すごいですよお。将来はなんのお医者さんになるんですかあ？」

「えーと、まだ決めてないんだけど…」

「そっかあ。あ、あたしは外科医がいいと思うな。だってブラックジャックとかってかっこいいじゃないですか」

匡一は小さく苦笑した。あああもう。

「彩、おまえうるさいよ。匡一が困ってるだろ。ちょっと離れろ」

俺は彩ごと座布団をずるずる引っ張って、間に強引に割り込んだ。いつのまにか俺にまとわりついていた遊が、さらに俺と彩の間にちんまりと入り込んで、俺のTシャツをきゅっと握った。

「おおにいちゃん、ぶらっくじゃっくってなあに」

「遊、それは後でな」

「なあによお。お兄ちゃんのお友達、歓迎してるのに」

「いいから。もうおまえは黙ってろ」

手で押しのけると、彩はふうっと頬をふくらませた。

「匡、うるさくてごめん」

「ふんだ。聡のバカが帰ってきたらもっとうるさくなるよ。……あ、ほら」

噂《うわさ》をすればで、彩のセリフにかぶさるみたいに玄関が大きな音をたてて開いた。

「ただいまっ！　ねえにーちゃんはっ？　にーちゃん帰ってきたあっ？」

どたどたと壊しそうな勢いで廊下を走ってくる足音がする。

「もう、あの子ったら、玄関で大声出すとお店に聞こえるからって何度言ってもきかないんだから」

母親が立ち上がって居間の戸を引くと、ゴムで飛ばされたパチンコ玉みたいに聡が飛び込んできた。

「あっ、にーちゃん！　おかえり！」

こんがりと日焼けした聡は、持っていたビニールバッグを放り投げて俺のところに走ってくる。髪からふわりと懐かしいプールの塩素の匂《にお》いがした。

「なああ、おみやげは？　東京のおみやげ！」

「聡。その前にお客さんにあいさつだろ」

「あっ、こんちは！」

遊とは正反対でまったく人見知りをしない聡は、勢いよく号令みたいに言った。次から次へと出てくる家族のうるささに匡一はきっと閉口しているに違いないけど、それでも丁寧に

「こんにちは」と返してくれた。

「兄ちゃん、にーちゃんのダチ？」

「聡、お客さんに向かってダチなんて言うな」

「なんでだよ。にーちゃんの友達はオレの友達だぞ。だからもうお客さんじゃないんだ。だからダチでいいんだ」

匡一がちょっと吹き出した。

「兄ちゃん、名前なんていうの？　オレはねえ、聡！　ソウメイのソウって書くんだぜ」

聡まで割り込んでくるんで、座卓のこっち側はぎゅうぎゅうになる。

「ちょっと、あんたはあっち行きなさいよ」

「なんだよ。彩が行けばいいだろ」

「お姉ちゃんって言いなさい」

「うっさい、ブス」

「なあによお。聡明の意味も知らないバカのくせに」

「バカって言ったらそっちがバカなんだぞ。バカ！」

あああ、ったく。人前でも平気でケンカ始めるんだから。

「おまえら、やめろよ」

「お兄ちゃん、なんか言ってやってよ」

「いいから彩と聡は向こう側行け」

「えぇー、なんでよ」

「じゃあオレここ！」

座卓の端に座っていた匡一の、角を挟んで反対隣にちゃっかり聡は座り込んだ。

「あっ、ずるい、バカさと」

「うっさい、ブス彩。なあダチの兄ちゃん、背高いな」

「そうかな」

「何食ったら大きくなれる？　オレさあ、クラスでも前から数えた方が早いんだ。だからミニバスケやろっかなって思ってるんだけどさあ」

「…バスケをやると背が高くなるんじゃなくて、背の高い人がバスケをやるんじゃないか」

とまどいつつも答えた匡一のセリフに、聡は思いっきり尊敬の眼差《まなざ》しになって匡一を見上げた。

「そっかあ。兄ちゃん、頭いいな」

「いや…」

「あんたが頭悪いんでしょ」

「うっさい、女は黙ってろ」

「なっまいき。小学生のくせに」

自分を挟んで言い合いを始める彩と聡を、匡一はちょっと引いて、視点の合っていないような曖昧《あいまい》な目で眺めていた。

あっ、と思った。

あっ、俺、バカだ、って。

匡一には、家族らしい家族がいない。産んだ母親は匡一を父親の俊哉《としや》さんのところにおいていなくなったって聞いている。それでその後俊哉さんは結婚をしたけど、その義理のお母さんも、匡一が二十歳になった時に匡一のもとを一度去っている。そのうえ俊哉さんは結婚してすぐに失踪《しっそう》してその後亡くなって発見されているから、匡一はたぶんずっと自分をひとりだと思ってきた。

なのにこんなふうに、兄弟多くて騒がしい、家族団欒《だんらん》の中に匡一を連れてきたりするのって、なんだか——いや、なんだかじゃなくてあからさまに、見せつけてるってことなんじゃないか？　匡一が持っていないものを。

（……最っ低）

こんなこと、どうして先に気づかなかったんだろう。だから匡一は嫌がっていたのかもしれないのに。

取り返しのつかないことをした気がして一気に口もきけないほど落ち込んでいると、母親がおっとりと口を出した。

「彩、あんたゆかた着るんでしょ。もうそろそろしたくしないと」

「あっ、そうだった！　バカさとにつきあってる暇ないんだった」

彩はぴょこんと立ち上がって、「お母さん、手伝って！」と言いながらさっさと二階に消えた。女の子は切り替えが早い。

「出、あんたもゆかた出してあるからね」

「え、俺のも？　高校ん時のやつ？」

「そ。身長変わってないからいいでしょ」

「うん。嬉しい」

花火大会は今夜だ。俺はいつもは一週間くらいはいるんだけど、今回は匡一が一緒なので一泊だけの予定になっている。俺は無理にはしゃいだ声を出した。

「高槻さんもゆかた、用意したので着てくださいね」

母さんがにっこり笑って言うと、匡一は目を見開いた。

「え、俺は…」

「背の高い人だって出に聞いてたから、従兄弟《いとこ》のけいちゃんの借りてきたんだけど、けいちゃんよりも大きいかしらねえ」

「けい兄ちゃんの？　そしたら匡の方が背高いと思うけど…」

「ま、洋服ほどぴったりしなくてもいいものだから、ちょっと合わせてみましょ。前のあんたの部屋に置いてあるからね。今日はそこで二人で寝てちょうだい。聡と遊はお母さんたちの部屋で寝るから」

「わかった。匡、行こう」

とまどった様子の匡一を無理に引っ張って、俺は以前は俺と聡の、今は聡と遊の部屋に入った。こまごまとしたところはいろいろ変わってるけど、基本的な雰囲気は俺がいた時のまだ。ふだんは男の子二人の部屋だからもっと散らかっているはずだけど、母さんが片づけたのかそれなりにすっきりしている。部屋の両端にベッドが置いてあって、そのひとつ、前に俺が使っていたベッドの上にゆかたが二枚たたんで並べてあった。

「ゆかたっていいよな。祭りって感じがして。匡、こっち肩にかけてみて」

「……俺、ゆかたなんて着るの初めてだ」

「そ？　気持ちいいよ。涼しいし」

ほとんど無地に近い濃紺のゆかたを広げて匡一の肩にあててみる。裾《すそ》の方にちょっとだけすすきの模様が入っている。俺のはもう少し明るい茄子紺《なすこん》で、尾ひれの長い魚の模様が泳ぐように流れている。

「匡は和服似合うと思うんだよね。髪とか顔立ちとかさ。…ほら、やっぱいいじゃん。あ、でもちょっと短いか。長いなら帯で調節できるんだけどな。でもこれくらいならいっか」

匡一は黙って自分の肩にかけられたゆかたを眺めている。切れ長の目のすっきりした顔立ちだから似合うだろうとは思ってたけど、ちょっとくらくらくるくらいだ。

「出、どう？」

ノックの後にドアが開いて、母さんが顔を覗かせた。

「あら、やっぱりちょっと短いかしらね。でも大丈夫かしら」

「うん。おかしくはないと思う」

「よかった。じゃ、着たら帯結んであげるから呼んでちょうだい。下にTシャツなんか着ちゃだめよ」

って母親はドアを閉じた。隣の彩の部屋に入る音がする。彩はきんちゃくはどこだだの、髪を編み込みにしてくれだの、壁越しでも騒がしい。

「いいのかな。借りて」

「いいんだって。嬉しいな。匡とふたりでゆかた着られるなんて。気分盛り上がるよなあ」

俺はさっさと服を脱いで、ゆかたをはおった。このかっちりしていながら柔らかい、さらさらした布の感じって大好きだ。

「女の子はともかく若い男ってあんまりゆかた着たりしないけど、うちはじいちゃんが和服派だからみんなよく着るんだよね。……あー、やっぱいいよ、匡。後で一緒に写真撮ろう」

ゆかたをはおった匡一を、俺は惚《ほ》れ惚《ぼ》れと見上げた。切り揃《そろ》えた襟足も生々しい喉仏《のどぼとけ》も肩甲骨の出っ張りも、ゆかたの直線的なラインがすごく引き立てている。その後入ってきた母さんも、匡一の帯を結びながら「似合うわねえ」って繰り返してた。

「いいわねえ。こういう男らしい子も。うちはお父さんもあんまり大きくない人だから、出も早く身長止まっちゃったし。こういう子もひとりくらいいたらよかったわねえ」

「息子は三人もいるだろ」

「あら。宝物はいくつあってもいいものよ」

そう言って帯をきゅっと締めると、母さんは前に回って匡一の胸を軽くぽんと叩《たた》いた。

「ふふ。お母さまきっとご自慢ね。羨《うらや》ましいわ」

「……」

あ、だめだ、と思った。匡一が傷つく。

だけど匡一は何も言わず表情も変えなかった。

母さんが出ていった後、何も言うことが思いつかなくて黙ってると、匡一がぼんやりと独り言みたいに言った。

「いい人だな。おまえの母親」

「えっと……」

ああああ。俺ってなんて鈍感で無神経なんだろう。壁に頭をがんがん打ちつけたいくらいだ。その後ゆかたを着てはしゃいだ彩と写真撮影大会になったけど、俺はどんよりした顔をしていたんじゃないかと思う。愛想のよくない匡一は最大限の譲歩をして、彩とも俺とも写真を撮ってくれたというのに。

祭りには学校の友達と行くという彩と別れて、匡一と二人で川の方に向かった。あたりは夕焼けも終わって透明な夜が降りてくる頃で、遠くから、たぶんスピーカーの陽気なお囃子《はやし》の音が聞こえてくる。そのへんを歩いている人たちはみんな祭りに行く人たちらしく、ほころんだ顔でとても楽しそうだ。その中を並んでゆっくりと歩いた。

「…学校はこの近く?」

匡一の声に俺は物憂い気分から醒《さ》めた。

「え、あ、うん。小学校も中学校もすぐそこ。高校は自転車通学だったんだけど、そんなに遠くないんだ。川沿いにずっと行って…ちょうど夜店の切れるあたりかな。そうだ、花火見るのに絶好のポイントがあるんだ。後で一緒に行こう」

川沿いの道に出る。このあたりは新しい建物が建つことも少ないんで、景色もほとんど変わらない。川を渡ってくる風のひとつも懐かしい。

「どんな高校生だった？」

「え、俺？　普通だと思うけど…。生徒会やってたんだ。俺、行事好きだからさ、そういうのやってた方が思いっきり楽しめるだろ」

「行事って、体育祭とか文化祭？」

「そ。いつも腕章つけて走りまわってた。でも匡はそういうの苦手だろ」

匡一は苦笑する。

「そうだな。出席だけ取ってさぼってた」

「サイテー。そういう奴らが俺らの敵だったんだよ」

しばらく歩くと川沿いの道路が交通規制されていて、ぽつぽつと屋台が並び始める。花火にはまだ少し時間があったから、俺と匡一は土手に下りて並んで腰かけた。

俺はもっと匡一の高校生の頃のことを聞きたいと思ったんだけど、匡一は俺にばかり質問してくる。クラブのこととか教師のこととか、友達のこととか。

「おまえは友達が多そうだな」

「そうかな。多いかな。俺さ、あんまり苦手なタイプってないんだよね。そりゃ、どうしても合わない人ってのはいるけど、無口な奴でも陽気な奴でも、それなりにつきあえるっていうか。でも合わせてるわけじゃなくて、結局マイペースだから、ほんとは俺のことうるさいと思ってる人とかけっこういるんじゃないかな。匡は最初のうち、そう思ってなかった？」

匡一は真面目に考え込んだ。

「うるさいっていうよりも……なんか、カルチャーショックだったな」

「なんだそれ」

「いや、こういうふうに生きてこれる人間もいるんだと思って」

「……バカにされてるみたいに聞こえるんだけど」

「まさか。尊敬してるんだよ」

匡一はそう言って笑うけど、さすがに俺だって匡一に尊敬されてると思えるほどおめでたくはない。

「ああ、そういえば、高校ん時に友達に忠告されたたな」

「忠告？」

「うん。なんの時だったかな。よく覚えてないんだけど、なんかいきなり言われたんだよな。無防備すぎるって。他人が何考えてるかなんてわかんないんだから、もうちょっと警戒心を持てって。もしも裏切られたらその時泣くのはおまえなんだからって」

「……」

「そいつの言ってること、わかんなくはないんだけど、でも俺は裏切るよりは裏切られる方がましだと思うんだよね。裏切られるとさ、そりゃ泣くし、しっかり傷つくんだけど、でも傷はいつか癒《い》えるだろ。だけど人を裏切るって、心を少しずつなくすことだと思う。…って、これはじいちゃんの受け売りなんだけどさ。人を裏切ると、その人は痛くないかもしれないけど、その人の気づかないところで少しずつ心が欠けていくんだ。そのうち心なんかなくなっちゃうんだ。俺はそういう人間にはなりたくない。そんなら信じて傷つく方がましだ」

俺はそう言い返した時の友達の顔を思い出した。なんでか少し悲しそうだった。

「……でもさ、そう言われた時、少しショックだったな。そいつすごく仲よかった奴でさ、親友だと思ってた。だけど俺のこと、そんなふうに見てたんだなと思って。もちろん心配してくれてるのはわかるんだけどさ」

「……バカ」

薄くさざめく川の表面を眺めながら、匡一がぼそっと言った。

「え、何が？」

「なんでもない。そいつ、名前は」

「名前？　…宮下《みやした》だけど」

「今でも会ってるのか？」

「ううん。そいつ、名古屋の大学に行っちゃったんだ。卒業して最初の年に暑中見舞いのハガキが来たんだけど、なんにも書いてなくてさ。俺は東京の生活のこととかいろいろ書いて手紙出したんだけど、返事来なかったし、年賀状の返事も来ないんだよな。…もう俺とつきあうの、うっとうしいのかなあ」

「……」

匡一がまた何かを言ったけど、今度は聞き取れなかった。

「なんだよ」

「なんでもない。それより喉が渇いた。なんか飲もうぜ」

匡一はさっさと立ち上がって先に立って歩き出す。なんか機嫌悪くないか？

並んだ屋台のひとつで缶ビールを買って、立ったまま半分ずつ飲んだ。発泡スチロールのケースの中で氷水で冷やされていたもので、こめかみが痛くなるほど冷たかった。

気がつくとあたりはすっかり暮れきっていて、人の数も増えている。空には小さな目立たない星がいくつか瞬いていた。夜店に吊《つ》るされた提灯《ちょうちん》と女の子の色とりどりのゆかたが、祭りの夜を彩っている。

とくにあてもない感じでゆったりと動いている人の流れに合わせて、下駄を鳴らしながらゆるゆると歩いた。途中でリング焼きと焼きとうもろこしを買って食べた。俺はこういうお祭りジャンクフードって大好きなんだけど、匡一はあんまり食べたことないらしかった。

「大雑把な味だな」

「そりゃ家のテーブルで食べたらそんなにおいしくないかもしんないけどさ、こういう雰囲気の中で立ったまま食べるからおいしいんだよ」

「そういうもんかな」

渋る匡一を誘って、王道の金魚すくいもやった。意外に匡一は金魚すくいがうまくて、最初は失敗したけどふたつめの網で瞬く間に十四ほどすくってしまった。やったことないって言ってたのに。

「一回やったらコツがわかった」

なんて、何やらせても器用でむかつくよな。

いい年した男が二人でゆかた着て金魚すくいなんて変かもしれないけど、お祭りだし、周りの人も他人なんか気にしないで楽しんでるから、俺も夏の風物詩を匡一と二人で目いっぱい満喫した。

「チョコバナナ食べようかなあ」

「おまえ、食いすぎじゃないか」

「うーん、でもあの安っぽい味がなんとも…」

迷いつつふらふらとチョコバナナの屋台に近づこうとすると、軽く通行人と肩がぶつかった。なにしろこんな地方都市のさして大きくもない街のどこにこれだけ隠れていたんだってというくらいの人出なので、気をつけないとすぐに誰かとぶつかってしまう。

「あっと、すいません」

謝ると、相手のゆかたを着た女の子は振り返って「いーえ」と言って、次の瞬間ぱっとはじけたように笑った。

「うっわー、七瀬くんだよ。ひさしぶりー」

「えっ、あれ」

豪快な笑顔と男っぽい口調は、かつての高校のクラスメイトだった。

「あ、熊谷《くまがい》か」

「変わってないねえ。あんた東京の大学行ったよね。今、帰省中？」

体育会系で委員長もやっていた熊谷は、日焼けした顔でさっぱりと笑った。もしかしたら誰かとばったり会うかなと思っていたけど、やっぱりだった。

「そうなんだ。熊谷は……」

「地元の短大卒業して、もうＯＬよ、ＯＬ。このあたしが制服着てキーボード叩いてんのよ」

「うっわ、似合わねー」

「百発百中言われる」

からからと笑って、笑った口を大きく開けたまま、熊谷は俺の後ろの匡一に目を止めた。

「…なに、友達？」

なんでか小声になる。

「うん」

「うちの学校のヤローじゃないよね」

「向こうの大学で一緒なんだ」

熊谷はもう一度匡一に目をやって、さらに小声で「ひょえー」と変なイントネーションで言った。

「やっぱ東京の大学っていいオトコ多いんかね」

「いやあ、いろいろだけど…。熊谷は連れは？　ひとりじゃないだろ」

「うん。高校ん時の友達でひさしぶりに集まってるんだ。今、知世《ともよ》が落し物届けに行ってて…」

熊谷は人ごみの中にぐるりと頭をめぐらせて、「あ、戻ってきた」と大きく手を振った。手を振り返しながらカラカラと下駄を鳴らして歩いてくるゆかた姿の二人の女の子を認めて、俺はしまった、と思った。

（しまった）

そうだ。熊谷の仲のいい友達っていったら…

「あ」

熊谷もそれに気づいたのか、上げていた手を下ろして、おおらかな彼女には似合わない妙に気遣わしげな視線をよこした。

「えっと、まずかったかな」

「いや、いいんだ。もうなんでもないんだ」

「…そ？」

会っちゃったもんはもう遅い。ちょっとタイミング悪いけど。

雪野《ゆきの》は薄い紫にりんどうの柄をあしらったゆかたを着て、手にうちわを持っていた。三年前と変わらないおっとりとした、ぼんやりとも言えるような曖昧な笑みを浮かべて、ゆっくりとこちらに近づいてくる。髪が伸びている。化粧をしている。あたりまえなのに、そんなことに驚いた。

彼女は熊谷に向かって手を振って、それからその手を止めた。いつも眠そうに見える少し垂れ気味の大きな目が、ぱちぱちと瞬いた。

「出、くん」

心臓が正直にぎゅっとなった。びっくりした。今でも痛いんだ、と驚いた。頭の中ではなんともないのに、俺の体が反応している。

「ひさしぶりだね」

彼女はおっとりと笑った。

自然消滅なんて嫌な言葉だと思うけど、それしかあてはまる言葉がない。

雪野とは高校の三年間一緒のクラスで、二年の時からつきあい始めた。わりとありきたりな始まり方だったと思う。一緒に文化祭の実行委員をやっていて、最初は変わった子だなと思っていた。そのうちに好きになった。雪野はいつも周りからワンテンポずれてるような子で、でもそれが独特のほんわかした空気を作り出してて、側にいると落ち着いた。

だけど彼女は見た目よりずっとしっかりしている子だったし、守ってあげたいなんて思ってみても、そんなのほんとは必要ない子だった。俺がそういうイメージとのギャップにとまどいを感じ始めたことを、彼女はたぶん気づいていたんだと思う。それでも俺は雪野が好きだったし、雪野もそう言ってくれてたけど、俺が上京して遠距離恋愛になると保たなくなった。連絡が途絶えがちになって、俺も自分の新しい生活に精一杯になっているうちに、気がつくとまったく糸が切れていた。ああこれが自然消滅ってやつかななんて、思った時には終わっていた。

「…元気?」

それでも笑えた。ちゃんと笑えた。胸が痛んだのは昔の自分のためで。

「うん。出くんも元気そう」

薄化粧がきれいだなと思った。そんなこともちゃんと、普通の感情の温度で思えた。俺、こういうタイプの女の子が好きだったんだよななんて、他人事《ひとごと》みたいに考えた。

「今、何してんの? 短大は卒業したよな」

「えぇとね…」

あいかわらずのスローペースで雪野が頰《ほお》に手をあてた時、いきなりどんっと後ろから背中を押された。押したのは熊谷だった。

「何すんだよ」

「まあまあ、積もる話は若い二人でゆっくりと。あたしたち消えたげるからさあ」

「え…」

「こっちのカッコいいお兄さん借りるわ。東京の話聞かせてよ」

「え、ちょっと…」

熊谷が匡一の腕をがしっとばかりにつかんで、ぐいぐいと引っ張る。匡一は慣れない下駄を履いているところを後ろ向きに引かれて、よろけて二、三歩後ずさった。

「おい、七瀬…」

「お兄さん、あの二人恋人同士だったんだよ。二人きりにしてやってよ」

「え」

熊谷の言葉に、匡一は目を見開いて俺を見た。

(うわ、最悪)

匡一の視線がまっすぐに刺さった。

どっといっぺんに背中に汗をかいた。

「熊谷、ちょっと」

「いいからいいから」

「いいからじゃなくってその」

有無を言わさず熊谷は強引に匡一を引っ張っていく。雪野のもうひとりの友達の、たしか佐々木《ささき》って女の子も笑いながら俺たちに手を振る。匡一はじっと俺を、俺と雪野を見ながら、でも何も言わずに熊谷に引かれるままに離れていった。

「やだなあ、あきちゃん、強引なんだから」

「……」

「あの背の高い人、東京のお友達？」

「…あ、うん」

「こっちまで遊びに来てくれる友達できたんだ。よかったね」

色の白い雪野のマシュマロみたいな笑顔にも、不思議なくらい心は動かなかった。あっという間に人ごみにまぎれてしまった匡一の、俺を見ていた視線が焼きついて離れなかった。

「あたしね、今、信金に勤めてるんだ。受付。もうね、たいへんだよお。どんなお客さんにもにっこり笑顔で」

「へえ」

俺は我に帰って雪野に顔を戻した。

「出くん、まだ大学だよね。いいなあ。あたしも四大行けばよかった」

「でも来年はもう就職活動だし」

「就職、あっちでするの？」

「うん……たぶん」

「そっか。そうだよね。せっかく東京の大学行ったんだもんね。向こうの方が就職先多いだろうし」

「でも今景気悪いから…」

「どんな仕事が希望なの？」

「うーん、まだあんまり…」

言葉を探していると、雪野がうちわを口にあててくすっと笑った。

「出くん、なんか上の空だ」

「えっ、いやそんな」

「ふふ。いいよ。昔の彼女より今の友達の方が大事だよね。あ、これ嫌味じゃないよ」

心底楽しそうに、こぼれるように雪野は笑った。

「でもよかった。出くんが東京で、いい友達見つけられて」

「いい友達…」

ほんとは違うけど。

「だってさ、故郷を見せられる人って特別だよ。自分のホームグラウンドでしょ。手の内見せてる感じしない？　よっぽど信頼してる人じゃなきゃ、そんなことできないよ。動物が、絶対的に信じてる人にだけ柔らかいお腹を見せるのとおんなじ。心を許してるんだよね」

「……」

そうだった。雪野はこんなふうに、核心ついた言葉をふわふわの綿毛でくるんで言える子だった。そういうとこ、今でもちょっと好きだなって思った。普通に。

「出くんがそういう人、ちゃんと見つけられる人で嬉しい。やっぱあたしの好きだった人は素敵な人だなあって思った」

思いっきり照れるセリフも、素直に嬉しいと思った。過去形も寂しくなかった。

雪野はちらっと腕時計に目をやると、「あ、もうすぐ花火始まる」と呟《つぶや》く。

「ごめんね。もうちょっとだけいい？　あのね、今日ここで出くんに会えてよかった。あたしたちさ、うやむやっていうか、なしくずしっていうか、そんな感じで終わっちゃったよね。だからずっと気になってて…。でも今こうして会って、ちゃんと普通に話せてよかった。あたしたち、友達に戻れたよね？」

「うん」

なんの気負いもなしに頷《うなず》けた。

別れた後も友達で、ってなんかきれいごとに聞こえるけど、ほんとにそんな感じだった。友達に戻った感じ。もしかしたら最初から、友達の領域と重なるところの多い「好き」だったのかもしれない。

でも匡一とはだめだろうな、とふいに思った。匡一とは、「友人」だった時期がほとんどない。たとえば俺と匡一が友人で、たまに会って酒でも飲んだりして、互いに別々に恋人がいて結婚したりして、って想像もつかない。一番近いところか、一番遠いところにしかいられない。そんな気がした。

もしも別れることになったら、きっときれいに別れられない。きれいごとなんて言ってられない。きっと傷ついて傷つけて、ずたずたにするだろう。

もしも匡一と遠く離れたら。考えると怖いけど、でもたぶん「うやむや」とか「なしくずし」とか、そんなふうにはならない。俺がしない。頑張って必死になって、なりふりかまわず精一杯つなぎとめる。

もしも匡一が心変わりをしたら。それってどうしようもないことなのかもしれないけど、でもやっぱりきれいに別れてあげられない。ものわかり悪くても、きっと俺は泣いてわめいてぐちゃぐちゃになるだろう。みっともなくすがるかもしれない。心の中の汚い部分を、たくさん出してしまうかもしれない。

それでもそんな恋愛をいとおしいと思った。きれいなだけじゃない、生身の血も出る恋だった。

みっともない自分をさらけ出せるほど、大事な大事な人がいる。

ああ早く匡一のところに戻りたいなと、はやる気持ちで思った。雪野には悪いけど、やっぱり花火は匡一と見たい。

「もう花火始まっちゃうね。あきちゃんたち、どこ行ったんだろう。電話してみるね」

雪野はきんちゃくから小さな携帯電話を取り出した。よかった。匡一は携帯嫌いで持ってないけど、これで連絡がつきそうだ。

「あ、あきちゃん？　あたし。今どこにいるの？　…ううん、さっきとおんなじとこ。うん、交番の近く。…えっ？」

雪野はぱちぱちと瞬きして、携帯電話を耳にあてたまま俺を上目遣いに見た。

「…うん。…うん、わかった。ここにいる」

電話を切ると、雪野は心配そうに言った。

「お友達、いなくなっちゃったって」

「えっ」

「あの人、携帯持ってる?」

「持ってない…」

「えっ、どうしよう。見つけるのたいへんだよね」

「……」

あたりを見まわした。ラッシュ時のターミナル駅なみの人出で、十メートル先にいたって人に隠れて見えないくらいだ。

「ごめん。俺もう行く。あ、これあげるよ」

持ってた金魚の入ったビニール袋を、俺は雪野の手に持たせた。

「出くん」

心配顔の雪野に軽く手を上げて、人ごみの中に駆け出した。走るのには果てしなく向いていない下駄の鼻緒が足指の間に食い込んで痛かったけど、ぜんぜん気にならなかった。

「出くん!」

数歩行った時、雪野に大きな声で呼ばれた。雪野は人の頭に見え隠れしながら背伸びして、ゆかたから伸びた白い腕を大きく振った。

「元気でいてね!」

パッと咲いた花火みたいな笑顔だった。

心臓が胸にあるのは知っているけど、時々心もそこにあるんじゃないかと思う時がある。だってそこから苦しくなるから。

走っているのとは違う苦しさが胸を締めつける。きりきりと縛り上げられて、喉元から飛び出ていきそうになる。

会いたいと思う気持ちにはいつも苦しさが混じっている。

好きな人への気持ち全部がそうだ。不安とか嫉妬とか自信のなさとか、いろんなものが混じっていて、とても一色では表せない感情になる。一から十まで純粋な気持ちなんかじゃいられないと思う。

だけどその真ん中にある綺麗《きれい》なものを信じる。

下駄を激しく鳴らしながら、のどかに楽しんでいる人たちにぶつかっては謝りながら、汗をかいて心臓を震わせて俺は走った。陽気なお囃子もたくさんの笑い声も夜店から流れてくるおいしそうな匂いも、あっさり意識から抜け落ちていった。

どこか空の低いところで、こもるようにポンと音がする。続けて何度もポン、ポンと。近くにいた人たちが歓声をあげて、そろって顔を上げた。

見上げる暗い空に華がひらく。華は光を滝のようにこぼしながら、目の裏に鮮やかな残像を焼きつけて、幻みたいに一瞬で消える。重なるようにいくつも上がる花火が、立ち止まった人たちの頬を染めた。

思わず見とれてしまった。そうしてその見上げた視線で、匡一を見つけた。

匡一は俺からずっと離れたところにいて、間で何十人もの人が花火を見上げていた。だけどどんなに離れていても、匡一の姿は人波の中でまっすぐに俺を捕まえた。すっきりした濃紺のゆかたは、夜空の花火よりも鮮烈に俺の目の中に飛び込んできた。まるで周りが全部モノトーンで、匡一にだけ色がついてるみたいに。

匡一も花火を見ている。だけどその横顔が、胸をかきむしられるほど寂しそうに見えた。たとえば草原でひとりで立っているよりも、ああしてたくさんの人の中にいる方が匡一がひとりに見えるのはどうしてなんだろう。

羽があったら今すぐ飛んでいきたいなんて、くだらない歌謡曲みたいなことをほんとに本気で本音で思った。

ひりひりするほど焦《じ》れた心で。

遠い目でひとりで花火を見るなんて、そんなことさせない。

俺がいるから。

「匡一！」

呼んだけど遠すぎて届かない。俺ははじかれたように走り出した。

「匡っ！」

ぶつかるほどの勢いでゆかたの腕をつかむと、匡一ははっとしたように俺を見下ろした。

「ごめん。ひとりにして」

「――」

息を切らしている俺を、匡一は言葉が出ないみたいにじっと見つめた。少し驚いた顔で。怒ってる目とか責めてる目とか、そういうのじゃなかった。

「――七瀬」

「ごめん、あのさ、雪野のことは昔のことなんだ。だから……え？」

弁解する俺の言葉なんか匡一は聞いていなかった。ふわっと髪の匂いがした。匡一は俺を、ゆっくりと、腕の中に閉じ込めるように抱きしめた。

（えっ？）

困惑した。二人っきりの時でさえあんまりあからさまな愛情表現をしない匡一が、衆人環視のど真ん中でこんなことするなんて。

「……よかった」

「…え？」

耳元でかすれた息みたいな声が囁いた。

「見つけてくれて」

「……俺が初めて祭りに行ったのは小学二年生の時だ。隣に引っ越してきた直巳さんちの家族に連れられて行ったんだ」

三階分の非常階段のてっぺんはひんやりと涼しくて、祭りの喧騒《けんそう》が遠く夜の底の方に聴こえた。

夜の学校に忍び込むのってどきどきする。俺の卒業した高校。クラブハウス裏の通用門はわりと楽に乗り越えられる。ゆかたをからげてそれを乗り越えて、誰もいない校庭を逃亡者みたいにこそこそと走って、金属製の非常階段を音が出ないように下駄を脱いで裸足で昇った。花火が終わらないうちに急いで。

匡一は最初どこへ行くんだって訊いてたけど、門を乗り越える時に呆《あき》れたように笑って何も言わなくなった。どこよりもきれいに花火が見える絶好のポイントが、この非常階段の一番上の踊り場だった。ほんとは屋上に上がれるといいんだけど、そこはさすがに鍵《かぎ》がかかっている。だから俺と匡一は並んで錆《さび》の浮いた狭い階段に腰かけた。

「それまで祭りなんて自分に関係ないものだと思ってた。いつもそうだった。みんなが普通にやってることのほとんどが、自分に関係ないものみたいに思えた」

なんとか間に合った花火を眺めながら、匡一はなんでもないことみたいに話した。俺は何も言えなかった。話しか聞いたことないけど、匡一の父親の俊哉さんが子供をお祭りに連れてったりしなかったことは想像に難くない。

「まだ慣れてない頃で、ほんとはあんまり行きたくなかったんだけど、家族全員で迎えに来られてなんか言い出せなくてさ。晶はまだ二つかそこらでおじさんに抱えられてて、逸美さんがゆかた着てはしゃいでた。直巳さんは中学生だったな。で、人がすごく多いから、はぐれないようにって直巳さんが俺の手握るわけ」

あー、その頃からもう直巳さんだなって思った。

「俺さ、なんかそれが嫌だった」

少しだけ笑うみたいにして匡一は目を伏せた。

「あの人は昔からそういうこと、普通にさらっとできちゃう人なんだよな。でも俺は慣れてなくてさ。夏だから夜だって少しは汗ばむだろ。他人の体温が気持ち悪くて…」

体温が優しいなんて、きっとまだ知らなかったんだろう。

「手、放しちまったんだよ。それで案の定はぐれてさ。気がついたら周りは知らない人ばっかりで、自分がどこにいるのかもわからなくて」

「泣いた？」

「泣かない。かわいげないだろ」

泣かないとこがかわいげなんだよなあ。言わないけど。

「ひとりで帰ろうって思ってどんどん歩いた。歩けば歩くほどわからなくなった。夜店はどこまで行っても続いていて、灯りが眩《まぶ》しくて人は高い壁みたいで、俺は知らないうちに駆け足になってて」

小さい子供が。

泣きそうになりながら、でも泣かないで、ひとりでお祭りの喧騒の中を駆けていく。夜店のお兄さんはきっと怖そうに見えただろう。ひとりで走る男の子に、行き交う人は誰も声をかけてくれなかったんだろうか。

「……そしたらいきなり直巳さんに腕つかまれてさ。息切らしてて、走りまわって探してくれたみたいだった。ちょっと怒ってたな」

懐かしそうに匡一は微笑った。

「で、待っててくれたみんなのところに連れていかれた。俺はおじさんに怒られるなって思ってたんだ。手を放したのは俺だから。でもおじさんはよかったなって頭に手おいて、それから風船を買ってくれた」

「風船？」

「ちょうど風船売りがそこにあったんだよ。青い風船だった。それを、売ってる人に頼んで糸を長くしてもらって、俺の手首に結んでくれたんだ。それでこう言った。――これで、どんなにたくさん人がいても、君を見失わないよ」

「……」

「さっきその時のことを思い出してた」

膝《ひざ》の上でゆるく腕を組んで、匡一の目は遠い花火を見ていた。

……匡一の隣に越してきたのが、直巳さんちの一家でよかった。ほんとに、神様に感謝したい気持ちでそう思った。

地域社会って残酷なところがあるから、母親がいなくて得体の知れない父親と二人暮しの匡一の家のこと、たぶんご近所ではあんまりいい噂になってなかっただろう。しょっちゅう女の人が出入りしてたっていうし。そういうのって、聞きたくなくても入ってくるものだ。でも直巳さんちの人たちは、そんなの全部すっとばして、みんなで両手を広げて匡一を受け入れてくれたんだ。あの人たちがいなかったら、きっと今の匡一はいなかった。

——どんなにたくさん人がいても君を見失わない。

「あのさ、俺は風船なくても大丈夫だから」

ふいに口から出た。匡一はゆっくりと振り返った。

「青い風船がなくても、匡の背が高くなくても、それでも俺は見つけられるから。どんなにたくさん人がいても」

目印なんかいらない。

どんなに時間がかかっても、迷っても間違えても最後にはたどりつく。

おかしいくらいに自信があった。これっぽっちも自分のことを疑わなかった。

「俺は匡一を見失わない」

君にまっすぐに続く羽を持っている。

「あのさ……今さらこんなこと言うのなんだけどさ、俺、ちょっと無神経だったかなって思ってさ」

迷ったけど、こうやって静かな場所で二人きりでいられるうちにやっぱり言っとかないといけないと思って、俺は早口にしゃべった。匡一は「何が?」と訊き返してくる。

「あのさ、俺んちって騒がしいよな。そういうのって……匡一が、なんていうか、嫌な気分になるんじゃないかななんて、ほんとに今さらなんだけど思ったりしてさ」

歯切れの悪い口調になった。下を向いていたからよくわからないけど、匡一はたぶん眉をひそめて俺を見ている。

「言ってることがよくわからん」

「いやだからええと……見せつけてるみたいかなあ、なんて……」

一呼吸おいて、匡一はああ…とため息みたいに呟いた。

「いや、べつにそんなことはない。直巳さんちもおまえんとこと似たような感じだしな。人が多くて仲がよくて騒がしくて」

「そう?」

「俺、その中にいてもべつに羨ましいとか思わないんだ。嫌な気持ちになんてぜんぜんならない。だけどそれは俺ができた人間だからってわけじゃなくて……なんていうのかな、きれいな幸せな絵を見ている感じなんだ。俺はその絵が好きで、ずっと見ていたいって思う。でも絵の中に入りたいとは思わない。その絵に傷がついたりしないで、ずっとそのまま幸せでいてくれたらいいいって思う」

「……」

匡一は自覚してないのかもしれないけど、匡一の言っていることはとてつもなく寂しいことだ。幸せは壁にかかったきれいな絵なんかじゃないのに。

――この人を。

どうしたら幸せにできるだろう。そのことばかりいつも考えている。

会話の途切れた隙間《すきま》に、ポンポンといくつも連続してひときわ大きな花火が上がる。目が自然にそちらに引き寄せられる。きれいで大きくて華やかで、見ないではいられない。手の届かない遠い夢みたいに。

「……大きな打ち上げ花火もきれいだけど、俺も好きだけど、でも小さい花火もいいよな」

花火に目を向けながら、隣の匡一の腕に手をおいた。大切な人はちゃんと生身で隣にいる。だからちゃんと今、大切にしないと。

「…うん？」

「だからさ、東京に帰ったら二人で花火しよう。コンビニとかで売ってる花火セット買って。それでマンションの屋上でやろう。缶ビール持って、つまみも持って、ロケット花火とかねずみ花火とか」

「…線香花火とか？」

「そう。あ、俺、線香花火大好き」

暗いからぎりぎりまで近寄って、顔を見合わせて笑った。匡一もちょっと笑って、それから俺が匡一の腕においていた手を、反対側の手で握った。手を握るなんて小学生でもやってることなのに、こんな故郷の母校の非常階段の上なんかだと、なんか妙に照れる。

「……俺だってものわかりがいいばかりじゃないんだ」

匡一が言った。

「え？」

「さっきの女の子。つきあってたって？」

「え、あ」

しまった。近寄っていたから、赤くなったのもバレバレだ。

「えーと、だけどもう終わったことだからさ」

「名前は？」

「雪野だけど……そんなこと聞いてどうするんだよ」

「べつにどうもしないけど」

匡一は少し笑った。

「……かわいい子だったな。おまえとあの女の子、すごく似合ってたよ」

俺は眉をひそめた。なんでそんなこと言うんだろう。

「そろってゆかたを着て、背もちょうどいいくらいだろ。幸せなカップルみたいで……そう、絵みたいだった」

「……やめろよ」

「だけど嫌だったんだ」

握っている手を引き寄せて、匡一は俺の手の甲に、軽く唇をあてた。

(…わ)

血がいっぺんに頭に昇って皮膚の表面がざわざわした。

この人どうして時々こういうことこういうタイミングで無造作にしちゃうんだろう。何か天性の素質があるんじゃないかな。まったくもって油断ならないよな。

「どうしてだろうな。きれいな絵みたいにそっとしておいてあげられなかった。嫌で嫌で仕方なかった。めちゃめちゃに引き裂いてやりたかったよ」

「……」

「自分がこんなに小さい人間だなんて知らなかった」

「匡」

匡一にはわかるだろうか。俺がどんなに、踊り出したいくらい嬉しいか。

「それさ」

隠しても隠しきれないゆるみきった声が出る。

「嫉妬っていうんだよ。知ってた?」

「……嫉妬」

世にも情けない声を出して、匡一は俺の肩に額を伏せた。

「なんかバカみたいだ」

そうそう。自分がバカみたいに思えてくるんだよな、嫉妬って。

「おまえにやっぱり女の子の方がいいって言われたら、俺はどうしたって太刀打ちできない。最初から負けてる」

だけど理屈じゃない部分で匡一が一番なこと、どうしたら伝えられるだろう。

今度は俺から匡一の手を引き寄せて、指にキスをしてみる。あ、そうか、とちょっとだけわかった。どういう時にこんなふうにしたくなるのか。

「……ここで彼女と二人で花火を見た？」

匡一が俺の耳に唇を寄せて囁く。

「見てない。友達何人かでこっそり忍び込んだことがあるだけ。女の子誘ったりしたら、見つかった時にたいへんだろ。俺はいいとしても雪野がさ」

「じゃあ、最初に好きって言ったのはどっち？」

「……どっちだっていいだろ。そんなこと」

強引に引き寄せてキスをする。言葉もキスも伝えるのに足りなくて、じれったくてもどかしい。

「……もっと」

離れかけた顎《あご》に指がかかってひきとめられる。

「うん…」

「もっとだよ…」

わがままな子供みたいにねだってくれる声がいとおしい。与えられる自分が嬉しくて有頂天になる。

「……ここで、いいか？」

がくがくと頷く。後から思い出したらきっと死ぬほど恥ずかしくなるに違いない場所だけど、今だけ理性も常識も自分の熱で溶かして知らないふりすることにした。

「なあ、あの子のこと考えないでくれ」

考えてないよ。考えてないだろ。心を取り出して見せたいくらいだ。こんなに匡一でいっぱいなのに。

「……俺だけのものになれよ」

（うわ）

心臓撃たれたみたいだった。

時々思うんだけど、この人俺を殺すつもりなんじゃないかな。

腹の立つことに本人無自覚で。

殺し文句っていうけど、あれって嘘《うそ》じゃない。

カッコつけた定型の決まり文句のことじゃなくて、特別な、ほんとに心底の言葉だと、こっちの一番弱いところに一撃で攻めてくる。

それが好きな人ならひとたまりもない。

余裕も容赦もなくて。

指一本動かさずに撃たれて落とされるなんて。

(くっそおお)

「ほんと腹立つよなあ、あんたって！」

「え、何が」

匡一は思いもかけないこと言われたって顔で目を見開く。

自業自得なのはわかってるんだよ。だから八つ当たりくらいさせろってんだ。

正面に回って両手できちんと抱きしめる。息の根止めたくてキスをする。

(もっと死ぬほど嫉妬しろよ)

嫉妬なんてもちろん俺だってしている。

来る者拒まずだったっていう匡一の昔の相手に。それは遊びだったって理性がわかっていても、感情は絶対に納得してやらない。

だから一撃で俺の腕の中に落ちてくれたらいいのに。再起不能にして俺の中に閉じ込めたいのに。

「匡一…っ」

名前を呼んでつかまえて、抱きしめてよそ見をさせない。

俺がこんなにぎりぎりなんだから、もっと余裕なくして必死になれよ。

その切れ長の目で俺を見てくれ。もっともっと。

難しい言葉がいっぱい詰まった頭で俺のこと考えて。

その指でさわってもっと中までかきまわして、他のものが見えなくなるまでぐちゃぐちゃにしろよ。

「はやくしろよ…っ」

はやくはやくはやく。

「……困った」

「何がだよっ」

「ゆかたを脱がせると帯が結べない」

「……」

うっ。それはたしかに。

「……なるべく乱さないようにする」

って言って匡一は、ゆかたの襟を崩さないまま俺の首筋と胸の上の方に唇を這《は》わせた。きわどいぎりぎりのところから先に入ってこない唇に、眩暈《めまい》がするほどじりじりする。裾の下から指が探ってくる。見えない指の動きを想像すると頭がおかしくなりそうだ。

「そ、…んなさわり方すんなよっ」

「だって仕方ないだろ」

腰を抱えられて匡一の膝の上に乗せられる。ゆかたを剝《は》いで、脚を開いて。全身に火がつくほど恥ずかしい。俺、何やってんだ。

だけど止まらなかった。なんか違う人になったみたいに、今すぐ欲しいと体が騒ぐ。待ったなしで突きつけてくる。どうしよう。底なし沼に俺から落ちる。

じゃまな下駄が足から脱げ落ちる。カンカンと高い金属の音が響く。どこまで落ちちゃっただろう。だけどそんなことを考えたのは一秒だけで。膝までなで上げた指先が腿《もも》の線をたどる。その奥で確かめるようにいろんな動き方をする。俺の一番弱いところを正確に見つけ出す、確信犯的な不埒《ふらち》な指。顔を見られたくなくて匡一の肩に顔を埋めた。

「ん、っ……うん」

声が抑えられなくて唇を嚙《か》みしめるのに、顎を持ち上げられてキスで解かれる。やっぱり余裕に思えて腹が立つんだよ。

「……俺の手の中に出して」

「や…っ」

他にすがるものもない不安定な姿勢で言われて、抵抗したけどしきれるわけもない。あっさり言われたとおりに達して、俺は匡一の肩口で荒い呼吸を繰り返した。

濡れた匡一の指がゆっくり入ってくる。それで俺を馴《な》らそうとする。

「んっ…く…っ」

「……このまま」

「え…っ」

「帯があるから…」

それはそうだけどでも。

匡一はセックスの時基本的に優しいけど、ちょうどいい強引さを知っている。どこで身につけたんだろう。やっぱり天性のもの（笑）なのか？

（ちくしょう）

おかしいな。匡一が雪野に嫉妬してて、今日は俺が優位かと思ったのに。

「きょ…匡…っ」

「ゆっくりでいいから……座って」

「あ、待っ、…っ」

待たないタイミングも知っている手が、俺を逃がさないでつかまえる。

「いっ、……あ、ああっ」

やっぱりどうしたって痛みはある。だけど最初屈辱だったその痛みも、今では受け入れることのできる嬉しさの痛みに変わっている。こんなこと、いったい誰が想像しただろう。高校時代の俺が今の俺を見たら卒倒するだろうな。

だけど仕方がない。好きになったらもう選択肢がなかった。

雪野をまわり道だなんてぜんぜん思わないけど、あれはあの時したくてした恋だけど、だけど今この人にたどりつけてよかった。体の痛みと一緒に心を痛くしてそう思った。

全部見られているような体勢がいたたまれなくて、首にしがみついてそこに歯を立てて痕《あと》をつける。自分じゃ制御できない俺の体を、ゆっくりと落としながら、匡一が囁く。

「俺で……いいのか？」

俺は言葉のかわりに首にしがみつく腕の強さで答える。

（いいに決まってんだろ）

なんでわかんないんだよ。確認するなよ。俺がこんなことしてこんな顔してこんな声出してんのに。

頭いいくせにわかってなくて、変に臆病《おくびょう》なくせに肝心なところだけはずさなくて、憎くて腹が立っていとおしい。

匡一が俺の弱いところを攻められるように、俺もたぶん匡一の急所を知ってる。一番効果的に傷つけることもできる。

だから守ってあげられる。強いところも弱いところも、やわらかくってこわれそうなところも、全部まとめて受けとめる。

「…匡…っ」

「……もっと」

「ん…」

「もっと、名前を呼んでくれよ」

そうして欲しいなら何度でも。幸せにすることばかり考えている。

「匡……匡っ」

「……七瀬」

「好きだ……」

涙が出た。

「好きだよ、匡…っ」

この恋に出会えてよかった。昔の俺にだって胸を張って言える。

この人が、俺の大切な人。


「いやね。出は全力疾走でもしたの？」

「は…はは」

力なく笑ってごまかして隣の匡一を恨みがましく見上げると、匡一は素知らぬふりで視線をかわした。

帯は解いていないもののあちこちゆるみまくった俺のゆかたに反して、匡一の格好はその顔と同じにきっちり端正だ。ふざけんなって感じ。

「ま、家の中では〃お兄ちゃん〃やってくれてるんだから、お友達と一緒の時くらいはめはずしたってかまわないけどね」

子供の頃から変わらないおおらかな顔で、母さんが笑う。

いつか言えるかな。大事な家族に。その時が来たら。胸を張って、この人が俺の大切な人だって。

天井の木目の模様まできっちり覚えている懐かしい部屋で、匡一と二人で眠った。同じ屋根の下に家族がいるし、ベッドも狭いから変なことはしなかったけど、でも匡一の気配を感じながら眠りに落ちた。あたたかくて幸福な眠りだった。匡一もそうだったらいいと思う。

翌日、午前中のうちに祖母のお墓にお参りして、午後には実家を後にした。母さんは例によって紙袋いっぱいにどうでもいい物を持たせてくれて、無口で生真面目な父さんは匡一にやたらに頭を下げていた。

「ねえねえおにいちゃん、つぎいつくるの？」

「なあにーちゃん、結局おみやげはあ？」

「あたしバイトしてお金貯めて、東京に遊びに行こうっと。お兄ちゃん、泊めてね」

それぞれ騒がしい弟と妹を適当にかわして、ありきたりで、でも大切な日常に向かう。東京のマンションに戻るのも、「帰る」気がする。毎晩匡一と眠る場所。

「ああ、つっかれたあ。匡と二人で暮らすのに慣れちゃうと、うちってほんっとうるさいよなあ」

「おまえの育った家って感じがするよ」

「それって俺ひとりでもうるさいってこと？」

たった一泊だけど、なんだか前よりもちょっとだけ匡一が近くなったような気がする。やっぱ「ホームグラウンド」だからかな。

日が傾く頃に、俺たちはいつもどおり人の多いにぎやかな街にたどり着いた。さすがに懐かしいとまでは思わないけど、マンションが見えてくるとホッとする。早く匡一のいれてくれたコーヒーを飲んで、一息つきたいなって心底思う。

玄関ロビーでポストから今朝の朝刊を取り出した。一緒に郵便物がこぼれ落ちてしまう。拾っていると、俺の名前が目に入った。前に住んでいたアパートの住所から転送されてきたもので、郵便局で売っているようなありきたりな暑中見舞いのハガキだった。

「俺にだ。誰かな。……あれっ、宮下？」

匡一にも話した宮下だった。高校の時すごく仲がよくて、一緒に生徒会もやっていた。名古屋の大学に行っちゃってずっと音信不通だったのに。

「手紙に返事を出さなくて悪かった。

もうふっきれた。

今度ゆっくり会おう」

書かれていたのはその三行きり。責任感が強くて実行力のあった宮下らしい、しっかりした力強い文字だった。

「どうしたんだろ、急に。ふっきれたって何がかな……でもまあいいや」

長い間会わなかった友達と連絡が取れたのは、単純に嬉しい。特に宮下は。

「匡、昨日話した宮下が、会おうって…」

笑って振り返ると、後ろに立っていた匡一が手を伸ばして、上からひょいっとハガキを取り上げた。

「……」

なんだか険しい顔つきでじっとハガキを見つめている。それからひらっとそのハガキを意地悪するみたいに振って言った。

「会うなよ」

「えっ、なんで?」

「なんでも」

そのままハガキを返してくれずに、すたすたとエレベーターに向かう。俺は慌てて後を追った。

「ちょっと、どうしたんだよ。なに言ってんだよ」

「……」

「俺の友達だぞ。会おうがどうしようが俺の自由だろ」

「友達のままにしとけ」

「なにわけのわかんないこと言ってんだよ」

すぐに扉の開いたエレベーターに乗って、匡一が高く掲げていたハガキを手を伸ばして取ろうとする。匡一はあっさり返してくれたけど、なんだか不機嫌そうな顔が元に戻らない。

「なに怒ってんだよ」

「……べつに」

「わけわかんないよ」

「どうしても会いたかったら会えばいいだろ」

「なんだよ、それ」

放り出すように言ってさっさとエレベーターを降りて先に行ってしまう匡一を、俺はあっけに取られて見送った。なんか匡一の方が怒ってるみたいで、これって逆じゃないか？

「待てよ。ちゃんと説明…」

閉まりかけた扉から慌てて飛び出す。匡一の後を追って走り出した途端に、立ち止まった背中にぶつかった。

「なに…」

ぶつかった俺にはかまわず、匡一はめずらしく大きな声を出した。

「晶」

「えっ？」

背中から顔を出すと、俺と匡一の部屋のドアの前に膝をかかえて座っている女の子の姿が見えた。女の子は匡一の声に顔を上げて、ぴょこんと勢いよく立ち上がった。

「匡ちゃん！」

えっ、晶ちゃん？　これが？

「会いたかった！」

晶ちゃんは呼ばれた子犬みたいに走り寄ってきて、がばっと匡一に抱きついた。えっ。

「おまえ、ここには来るなって言っただろ」

匡一は無造作にその体を振りほどく。

「だって十八になったらお嫁にもらってくれるって言ったでしょ。晶、今日で十八だもん」

「そんなこと言ってないぞ」

「嘘。言ったよ。十八になってから出直してこいって」

「…言ったかな…」

「言ったよ。だから出直してきたんじゃない」

「だけど嫁にするなんて言ってない」

「じゃあ、彼女にしてよ。もう子供じゃないんだから。ちゃんとそういう目で見て」

目の前の二人のやりとりを、俺は口を開けて見ているしかできなかった。

晶ちゃんはわりと小柄な女の子で、背伸びするみたいにして匡一と話していた。今時の高校生にはめずらしいカラーリングもしてなければパーマもかけていない髪がまっすぐに肩まですとんと落ちていて、女の子っぽいキャミソールとデニムのスカートがよく似合っていた。目がぱっちりと二重で、鼻は小づくりで愛嬌《あいきょう》があって、客観的に言ってかなりかわいい子だった。十八にしては子供っぽい感じがするけど、これは末っ子だからかも。

「匡ちゃん、子供は嫌いなんだよね。だから晶がんばったよ。もうね、AカップじゃなくてBなんだよ。匡ちゃんAよりBの方がいいでしょ」

「AとかBとかそういう問題じゃ」

「さわっていいよ、ほら」

「うわっ」

晶ちゃんが匡一の手をつかんで自分の胸を触らせるもんだから、匡一は慌てて手を振り払った。狼狽《ろうばい》している匡一なんて初めて見た。

「おまえな…」

「あっ」

晶ちゃんは俺に気づいて、ぱっと笑顔になった。

「匡ちゃんと一緒に住んでる人ですよね。お兄ちゃんからよく聞いてます。匡ちゃんがいつもお世話になってます」

「は、いえ、あの」

俺はしどろもどろになった。お世話になってますなんて言われて、なんて返事すればいいんだ？

「七瀬、相手にしなくていいから」

「ねえ、二人でどっか行ってたの？　晶、コーヒーいれたげよっか。上手にいれられるようになったんだよ。ね、お部屋の鍵あけて。ずっと待ってて疲れちゃった」

「だめだ」

「なんでよ」

「男二人の部屋に気軽に入るんじゃない」

「へへ」

晶ちゃんは照れたように嬉しそうに笑った。

「嬉しいな。ちゃんと女の子扱いしてくれて。でもね、匡ちゃんはいいんだよ。匡ちゃんが相手だったらパパもママも怒んないもん。パパはしょっちゅう、匡ちゃんが晶をもらってくれたらいいのにって言ってるんだから」

「真に受けるなよ」

「なんでよ。みんなそう思ってるよ。…ま、逸美ちゃんがちょっと怒るかもしんないけど」

「逸美さん…」

匡一の顔は雷雨前の空みたいにさあっと険しくなった。

「おまえ、早く帰れよ」

「やだ。もっと話したい。最近あんまりうちに来てくんなくて寂しいんだもん」

「わかったわかった。今度行くから」

「彼女候補にしてくれる?」

「あのな、おまえのは幼児期の刷り込みみたいなもんなんだよ。たまたま俺が隣にいたから…」

「違うもん。試しにいろんな男の子とつきあってみたもん」

「えっ」

「晶、けっこうもてるんだよ。だから晶のこと好きだって言ってくれる子と片っ端からつきあってみたの。でも、やっぱり匡ちゃんが一番だった。高校生の男の子なんてガキでおハナシになんないよ」

「おまえな…」

匡一がため息をついて何かを言おうとした時だった。

「匡一っ！」

それこそ直撃の雷みたいにその声はマンションの廊下に響いた。俺は飛び上がるように振り向いた。

そこに立っていたのは、目の覚めるような美女だった。

ぱっきりした白のサマースーツに、すっと伸びたかたちのいい足の先は同じ白の高いヒール。完璧な流線を描いた眉に、頬に影が落ちるほど密集した睫毛《まつげ》、深い色の口紅。色気のある襟元には本物っぽい小さな宝石のネックレスが光っていた。だけどなんと言っても圧巻なのは、腰まで伸びた髪だった。艶《つや》やかな栗色でゆったりとしたウェーブがかかっていて、それだけで装飾品よりも華やかだった。

「逸美ちゃん、なんでここに」

晶ちゃんが慌てたような声をあげる。そうか。これが直巳さんのもうひとりの妹の逸美さんか。

「なんでもなにも、今日はあんたの誕生日でしょ。だから早めに仕事終わらせて家に行ったのにいないっていうから、間違いなくここだと踏んだのよ」

挑戦的な口調で逸美さんは言い放った。

そう思ってよく見ると、逸美さんは直巳さんによく似ていた。直巳さんの顔を少しだけきつめにした上で線を細くして、あちこち削ったり強調したりしていろんな色を乗せると、こんな感じになるんじゃないだろうか。女性の化粧の威力ってすごいよな。してみると、直巳さんって人の良さに隠れて見落としがちだけど、やっぱり二枚目なんだな。

しかしそんなのん気な感想を抱いている場合じゃなかった。ヒールの音も高らかに逸美さんは俺を追い越して二人に近づくと、匡一を睨《にら》みつけた。

「匡一、あんたあたしがあれだけ言ったのにわかってないようね」

「俺は何も」

有無を言わせない勢いで逸美さんは匡一の胸ぐらをひっつかんで、キスしそうなほどすれすれに顔を近づけた。直巳さんは匡一よりも背が高いけど、この逸美さんもかなりの長身だ。一七五は軽くいってるだろう。匡一の手からバッグがばさりと落ちた。

「あんたのそのツラがすでに犯罪だって言ってんのよ。ストイックなふりしやがって」

色っぽい唇から発射されるドスのきいた声は、そのギャップだけでもう恐怖だった。

「逸美ちゃん、匡ちゃんいじめないでよ」

「いじめてないわよ。あんたはまだ子供だからわかってないのよ」

振り返って晶ちゃんにそう言うと、逸美さんはもう一度強く匡一をねめつけて、囁くような低い声で言った。

「あんたが見かけどおりの優等生じゃないことくらい、わかってないとでも思ってんの、え？　父さんたちはすっかり騙《だま》されてるけどね」

　匡一はあらぬ方を向いて黙り込んだ。クールな顔は崩してないけど、はっきり言って完璧に負けていた。なるほど、これはたしかに吉祥寺家最強の女かも。

「でも騙したりしてないことはわかってんのよ。その気のない相手に無理にしたりしてないってこともね。あんたそういう子じゃないものね。面倒くさがりだし」

　逸美さんは匡一をぽんっとモノみたいに放り出すと、腰に手をあててぐいと肩をそびやかした。

「だから一万歩くらい譲ってやろうって言ってんじゃない」

「譲るって」

「あんた死んでも医者になりなさいよ。そんで博士号取ったら、儲《もうか》らない勤務医なんかさっさとやめて開業しな。それで一生晶に楽させるの。あ、言っとくけど結婚したらもちろん浮気は許さないわよ。そんなことしたら殺すよ」

「結婚だって？」

「晶にここまで惚れられてるんだ。責任取ってもらおうじゃないの」

「俺に責任を取るいわれはない」

「偉そうに言ってくれるわね」

　またもや火花が散った。俺はもうなすすべもなくおろおろするだけだった。

「七瀬。電話かけて直巳さんを呼べ」

壁に背中をつけた匡一が俺に助けを求めるように訴える。と、晶ちゃんが平和な声で横から言った。

「お兄ちゃん、今日は当直で戻れないって言ってたよ。お仕事中は携帯の電源も切ってるし」

匡一は歯ぎしりした。

「くっそ…。常日頃から妹たちには鎖つけとけって言ってるのに…」

「あーん？　なんですってえ？」

ああ、なんだかもう収拾がつかない。いったいどうしたらいいんだ。

俺が頭を抱えていると、匡一は逸美さんの前からぱっと逃げ出して俺の側まで来て、いきなり後ろから片手で俺を抱きこんだ。

「ここだけの話だが」

（えっ）

「実は俺はバイセクシュアルで、こいつは俺の恋人なんだ。今、同棲してるんだ」

二人はぴたっと動きを止めて、きょとんとした顔を揃えてこっちを見た。

（うわあっ）

俺は血が昇ってるんだか下がってるんだかわからない状態で、口もきけずに酸欠状態で口をパクパクさせていた。

二人の反応はばらばらだった。

「匡一、あんた言うにことかいてそういう…」

「えっ、でも、バイってことは女の子もオッケーってことだよね」

互いに互いの顔を見て一瞬黙ってから、逸美さんと晶ちゃんはまたすごい勢いでまくしたて始めた。


「晶、あんたなにトチ狂ってんのよ。あんなのその場しのぎの言い逃れに決まってんじゃな
いの！」

「え、でも、匡ちゃん嘘はつかないんだよ。昔からそうだもん」

「ばかっ、どっちにしろだめじゃないの。やめなさい、こんな男」

「匡ちゃんの悪口言ったら、逸美ちゃんだって嫌いになるよっ」

「ああ嘆かわしい。いつのまにこんな子になっちゃったのかしら」

「もうっ、放っといてよ！　晶今日で十八なんだから！」

「放っとけないから言ってんでしょ！」

「ああもう…」

匡一が髪をかきむしった。通りかかった隣の部屋の主婦があからさまに迷惑そうな顔をし
てバタンとドアを閉めた。匡一はめったに声を荒げて怒ったりしないけど、ごくまれに切れ
ることもある。俺は心の中でカウントダウンを始めた。

（五、四、三…）

「ねえっ匡ちゃん、そしたら晶、偽装結婚の妻の座でもいいよ」

「なに言ってんのよ晶っ！　そんな結婚、誰が許したってあたしが許さないわよっ！」

（二、一…）

俺は目をつぶって耳を塞《ふさ》いだ。
（ゼロ）
「うるさーいっ！　おまえら二度とここに来るな！」

夕飯時の平和な街に、匡一の怒りに満ちた声が響きわたった。ああ…。

最後から一番目の恋

1

冗談みたいに気持ちのいい晴天だった。五月晴れという言葉の見本みたいに青く澄みわたった空の下を、湿度の低い風がゆるやかに流れていく。あまりにさわやかな陽気なので、なんだか俊哉《としや》は笑いたくなった。今日は母親の葬式だった。

葬儀は近くの寺を借りて行われた。そこそこの規模の総合病院の院長の妻という立場のせいで、参列客はひきもきらない。多くは院長である父親の筋だ。広い座敷も、親戚だという喪服の人間であふれ返っていた。そのうち俊哉が顔を知っているのはごく一部。いったいどのへんまでが「親戚」と言えるんだろうと、糊《のり》の効きすぎでこすれて痛いカッターシャツの襟をゆるめながら、俊哉はそっと息を吐いた。

「俊哉くん。疲れたんじゃないかね」

「はあ…」

「無理ないよ。お経が始まるまではまだ時間があるみたいだからね。少し別室で休んでおいで」

紹介はされたが名前も覚えていない中年の男が、脂っぽい顔に親切ごかしな笑顔を貼《は》りつけて近寄ってくる。無表情に見返しながら、馴《な》れなれしく呼ぶんじゃねえよ、と俊哉は思った。

「俊哉くんは今年、中学に上がったんだったかねえ」

中年男の隣の中年女が、昨日の通夜から何度言われたかもわからないセリフを口に乗せる。

「はあ」

(制服着てんだから見りゃわかんだろ)

「ひどいことだねえ。佐和《さわ》さんも、これからが楽しみだったろうにねえ…」

女は垂れた目の端にハンカチを押しあてる。べつに涙は流れていなさそうだった。湿っぽくなりそうな空気に、俊哉は心底うんざりした。

「僕ちょっと外の空気を吸ってきていいですか」

中年男はおおげさにうんうんと頷《うなず》く。

「行っておいで。なんならおじさんがついていってあげようか」

「いいえ。けっこうです」

言い放って立ち上がると、中年男は気圧《けお》されたように立ちかけていた腰を落とした。その隣で、さきほど泣き真似《まね》をしていた中年女がかすかに眉《まゆ》をひそめる。生意気な子ね、と言っているようだった。

座敷を出て庭に面した長い廊下を歩く。隣が祭壇をしつらえた部屋だった。華やかに飾り立てられた祭壇の前で、父親が葬儀社の人間と何か話し合っている。開け放たれたふすまの前を俊哉が通り過ぎようとすると、父親はちらっと顔を上げて俊哉を見た。が、何も言わずにすぐに顔を戻す。俊哉は黙ってその部屋を後にした。

斎場の入り口の横には細長いテーブルがしつらえられて、数人の喪服の男女が忙しく参列客の受け付けをしている。俊哉も顔を見知っている、父親の病院の職員だった。その中の、たしか事務局長が目ざとく俊哉を見つけて話しかけてきた。

「俊哉くん、どこへ行くんだい」

「…ちょっと外の空気を…」

「そう。待って。誰か一緒に」

「大丈夫ですから」

「でもね」

(うざってえな)

「時間までには戻ってきます」

背を向けて行こうとすると、ひそかに囁《ささや》きを交わす女性職員の声が聞こえた。

「あれが…?」

「そ。息子さん。まだ中学生なのよ」

「かわいそうにねえ…」

視線を振り切るように早足で横手の庭に回った。深く深呼吸する。シャツの一番上のボタンを外し、学校指定のネクタイをゆるめる。なんだかもう線香くさくなったような気がして、早く制服を脱ぎたいと思った。こんな茶番、時間を費やすほどの意味もない。

「俊哉くん、どうしたの。大丈夫?」

また誰かが話しかけてくる。今度は会計士だった。家の方にも出入りしているのを何度か見かけたことがある。すぐ戻りますからとだけ答えて、俊哉は人のいない方、いない方へと足を進めた。

寺の建物の裏手に回り、通用門らしい小さな木戸から外へ出る。塀に身をもたせかけて、あらためて息を吐いた。誰も彼もが俊哉に母親を亡くしたかわいそうな中学生の役を割り振ってくるが、これほど演じるのが面倒な役もないなと思った。

思えば物心ついてからずっと、何かの役割を振られてきたように思う。高槻《たかつき》総合病院の待望の跡取り。母親に溺愛《できあい》されているひとり息子。

世間の連中は愛されていたと思っているようだ。だけど、と俊哉は思う。あれは愛じゃなかった。母親は俊哉の上に「理想の息子」を見ていた。二重写しのように自分勝手なイメージを投影して、そこからずれた部分は見ないようにしていた。ギャップが無視できないほど大きくなると癇癪《かんしゃく》を起こし、俊哉の全生活を縛ろうとした。

幼い頃はそれでも、母親の期待に応《こた》えようとしていたように思う。母親は体が弱く病気がちで、家事などはほとんどしなかった。陽に焼けていない整った顔はたしかに美しかったけど、どこか冷たくて近寄りがたいものだった。だけど、俊哉がテストでいい成績を取ると喜んでくれた。手放しで誉《ほ》めて笑ってくれるその顔に、自分が愛されているんだと思えた。「私には俊哉だけよ」。そんなふうに繰り返されて、父親との仲が冷めきっていると幼心にも理解していたぶん、自分が支えなんだと思い込んでいた。

だけど母親が欲しかったのは、優秀で従順な病院の跡取り息子だけだったのだ。中学に進学する際、母親は医学部を擁する名門私立大の付属中学に俊哉を入れたがった。それがなんだか見えない網の中に追い込まれるようで怖くて、まだ医者になるとは決めていないし、窮屈そうで嫌だと反発した俊哉に、母親は言葉を費やして懐柔しようとし、なだめすかし泣き落とし、最後にはヒステリーを起こした。初めて頬《ほお》をぶたれた。

思いどおりにいかない息子に苛《いら》ついた母親は、次に父親にくってかかった。

「あなたがしっかりしていないからこんなことになるんじゃないの」

深夜にリビングで交わされる口論を、俊哉は階段の隅で隠れるように聞いていた。まだ中学だし、好きにさせればいいという父親の言葉に、母親は怒りで震える声で言い返した。

「そんなことを言って、もしも公立中学でよくない友達ができたらどうするの。勉強をしなくなったら、病院を継ぎたくないなんて言い出したら。それじゃあ、あの子を産んだ意味がないじゃないの」

——この時に、自分の中で何かが切れたように俊哉は思う。

俊哉は頭のいい子供だった。ここで意地を張って、反発のためだけの反発を繰り返しても意味がないとわかっていた。どのみち自分はまだ子供で、親の保護が必要な年齢なのだ。何をしても親の手の内。だったらくれるものはもらっておいて、選択肢は広げておいた方がいい。一番必要な時に、裏切ればいいのだ。

そう決めて、おとなしくエスカレーター式の私立中学に進学した。生活のすべてを監視したがる母親をうまくあしらうことも覚えた。表面上は従順に振る舞い、成績は決して落とさない。形さえ整えておけば、結局は世間知らずな母親などいくらだって騙《だま》せた。父親はことなかれ主義で息子にあまり関《かか》わろうとしない。はたから見れば恵まれた幸せな家庭に見えただろう。

ようやくそんなバランスが落ち着いてきた頃、母親が死んだのだ。死因は心不全だった。もともと長生きはしなさそうな人だったが、こんなに早いとは思わなかった。

「…ね。灰皿持ってる」

ふいに背後で女の声がして、俊哉は体を固くした。自分が今出てきた木戸、その塀の向こう側すぐ近くに、誰かがやってきたらしかった。

「あるわよ。携帯用の」

カチッとライターの鳴る音がして、長く煙を吐く息が続いた。あまり若くない二人の女の声だった。親戚連中の中にはいなかったように思う。病院の職員だろうと思った。境内はどこも禁煙だし、院長の妻の葬儀の場で堂々と煙草《たばこ》を吸うのは気が引けたのか、人目を避けてこんなところまで来たらしかった。

「ねえ、知ってる？　奥様の個室付きのナースの話」

「なに」

「奥様ね、亡くなる直前まで例の二人のこと気にしてたみたいよ。絶対家に入れるなって言ったんだって」

「それって遺言ってこと?」

「じゃないの」

「うわ。きついわねえ」

奥様というのは自分の母親のことだろうと俊哉は思った。ずっと高槻総合病院に入院していた。一般の患者は入れないような、テレビに応接セット付きの豪華な個室に入っていた。

だが、「例の二人」というのがなんのことかわからない。

「ほら、あっちの息子の方がちょっとだけ年上なのよ。二ヶ月くらいね」

「あら、じゃあ、事実上長男ってこと?」

「そうねえ。でも認知はしてないって話よ」

「それじゃ、奥様が亡くなっても認知はできないってことかしらね」

「かもね。奥様の執念ってとこかしらね。なにせ…ねえ」

含み笑いの声が小さく聞こえた。

「相手が相手だから」

「そうねえ」

もうひとりの女も低く笑った。あまり性質《たち》のいい笑い方じゃなかった。

「…あら。そろそろ行かないと」

慌ただしく煙草を消す気配の後、匂《にお》いを消そうとしているのかパタパタと何かで仰ぐ音が聞こえた。その後、二人は立ち去った。俊哉は固くしていた体の力を抜いて、無意識に親指の爪をきつく噛《か》んだ。

――父親にはどうやらよそに女と子供がいるらしい。

なんとなく、そうじゃないかなと思ったことがなかったわけじゃなかった。あれだけ冷えきった夫婦仲と総合病院院長というステイタスを考え合わせれば、いてもおかしくない。いない方がおかしいくらいだ。そもそも俊哉はこれまで父親の動向をあまり気にしていなかった。仕事ばかりでろくに家に帰らないし、会話も少ない。何をしていようが知ったことじゃない。

だけど。

――あっちの息子の方がちょっとだけ年上なのよ。

ということは、自分が生まれる前から関係があったということだ。自分の母親とほぼ同時進行で。

(…やってくれんじゃねえの)

ぎりぎりと爪を噛んだ。何か出し抜かれた気分だった。

それに、「相手が相手だから」という言葉が気になる。いったいどこの誰だろう。母親が執念を燃やすような相手なのか。もしかして、その浮気相手と子供の存在が、あれほど母親が自分に執着した原因なんだろうか。

「俊哉くん」

誰かが自分を捜している声がする。木戸を開けて中に入ると事務局長が駆け寄ってきた。

「こんなところにいたのかい。もう始まるよ」

「すみません」

素直に頭を下げた。シャツのボタンをきっちりとはめて、ネクタイを締め直す。せかせかときびすを返すせっかちそうな事務局長の後に続きながら、考えた。

自分と同い年の兄弟。そんなものがいるとは考えたことがなかった。血のつながった相手。二ヶ月だけ上の、半分だけの兄。

どんなだろうか。自分と似ているだろうか。それとも正反対だろうか。

相手の境遇と立場を考えると、思わず薄い笑みがこぼれた。

——俺を憎んでいるだろうか。


葬儀は冗長で退屈なだけで、なんの感慨もなく終わった。火葬の終わった母の骨を長い箸《はし》でつまんだ時も、思ったより軽いなと思っただけだった。自分を産んでくれた母親の死に対してこれでは、自分は腹の底から冷たい人間なのかもしれないと他人事《ひとごと》のように考えた。

自宅に戻ると、疲れたからと告げて早々に自室に引きこもった。実際疲れた体をドサリとベッドに放り投げる。頭の中は父親の愛人とその息子のことでいっぱいだった。気になって仕方がなかった。会う手段はあるだろうかと考えた。会ってどうするかなど考えもしなかったが。

行動を起こしたのは一週間後。手持ちに使えるカードがあった。葬式にも来ていた会計士。家政を執り行わない妻のかわりに、父親が家の支出も管理させているのを知っていた。その会計士が病院の看護婦と不倫をしているのも。静かでひとりで本が読めるので気に入っていた病院の資料室で、俊哉がいることに気づかずに逢引《あいび》きを楽しんでいるのを盗み見たことがあるのだ。古いカルテがしまってある部屋だからめったに人は出入りせず、ましてや院長の息子がいるなどとは思いもしなかったのだろう。その時の二人の会話から、会計士には妻も子もあるというのがわかっていた。

その時はべつだんどうとも思わなかったが、これは使えるかもしれない。父親の性格と経済状態からいって、なんの援助もしていないとは考えられない。それに葬式の時に聞いた会話からすると、病院の古参の職員の間では公然の秘密のようだった。少しつつけば案外簡単に漏らすんじゃないか。

目論見《もくろみ》は思ったよりもあっさりと成功した。家庭にばらすと脅しただけだが、外の女とその子供の存在を知っているのなら同じだと思ったのか、会計士は少し渋っただけでべらべらと援助の状況と相手の名前、住所を垂れ流した。そんなに浮気がばれるのが怖いのかと呆《あき》れたが、やたらに院長には内密にしてくれと繰り返すところを見ると、どうやら解雇を恐れているらしい。もしかしたら、使い込みのひとつやふたつくらいはしているのかもしれなかった。まあそんなことはどうでもいいと俊哉は思った。

問題なのは、相手の女の名前だった。藤志乃《ふじしの》。藤は母親の旧姓だ。偶然ということも絶対にないとは言いきれないが、まずそんなことはないだろう。会計士を問いつめると、不承不承に妹だと口を割った。

呆れたものだと思う。姉妹と同時に関係を持つとは、父親にそんな甲斐性《かいしょう》があったとは知らなかった。仕事人間で優柔不断で、およそさばけたところのない男だと思っていたのに。父親に直接あたることはしなかった。妙な修羅場を演じる気はなかったし、自分が知っているということを父親に知られたくなかったからだ。俊哉の手の中には、簡潔に名前と住所だけが書かれたメモが残った。

およそ三日間、どうしようかと悩んだ。手に入れたはいいが、どうしたいのかという具体的なあてはない。メモはその間ずっと引き出しの中にしまわれていた。取り出すことはなかったが、何をしていても気持ちはそこにひっかかっていた。

息子の名前を会計士はうろ覚えにしか知らなかった。たしかマサキとかいう名だったと思う、と曖昧《あいまい》な口調で言った。どんな奴だと訊《き》いても答えは返ってこなかった。地域の公立中学に通っているらしかった。父親は大学を卒業するまでは学費を援助するつもりらしい。
（マサキ）
口の中で転がしてみても、べつだん親近感などは湧《わ》かない。相手もきっと同じだろう。それでも血のつながった兄弟だ。母親同士が姉妹となると、従兄弟とも言えるかもしれない。従兄弟よりは近くて、兄弟よりは遠い。微妙な関係に、気持ちが妙にざわついた。

この世に自分の兄弟がいる。そう考えるのは奇妙な感じだった。父親を憎んでいるかもしれない。恨んでいるかもしれない。本妻の息子で高槻総合病院の跡取りという立場の俊哉を羨《うらや》んでいることも考えられる。

だけど、とベッドの中で目を閉じて思った。自分と彼とは、つまるところ同じじゃないか。たまたま俊哉がこっち側だっただけで。俊哉だって、父親がよそに子供を作ったりしたせいで、あんなに異常なほど母親に執着されたのだ。身勝手な大人のせいで不自由な場所に押し込められているのは、自分も彼も同じだ。

そのまま眠りに落ちた。夢を見た。自分は赤ん坊で、ベビーベッドの中で力一杯泣いている。その隣にもうひとつベビーベッドが並べられていて、自分と同じ顔をした赤ん坊が同じ声で泣いている。そんな夢だった。


こぢんまりとした二階建ての家だった。標準的な和風の造りだ。築どれくらいたっているのかはわからないが、相当なものだろうと俊哉は思った。外壁は古びてところどころ罅《ひび》が入っているし、木でできた小さな門は、見た目にもかなりたてつけが悪くなっているようだった。だが、窓はどこもきれいに磨かれているし、二坪ほどの狭い庭もきちんと手入れされ花が植えられ、目に楽しいものだった。手の入れられる範囲は精一杯に整えられている、そんな感じだった。

地図を見ながらだとわりあい簡単にメモに書かれた住所の家は知れた。俊哉の家から私鉄で二駅しか離れていない、そのわりには下町的な雰囲気の残る町だった。父親に買い与えられた家ではなく、生まれ育った実家だというのは聞いていた。あの気位が高い母親が生まれた家だと思うと少し違和感があった。俊哉の祖父母にあたる両親は亡くなっているし、つきあいのある親戚もなかったので、同じ都内にあるにもかかわらず俊哉は今まで母親の実家を知らなかった。

藤、と木製のひかえめな表札が出ている。苗字だけで、家人の他の名前はなかった。見上げる窓にカーテンは閉じられていないが、人がいるのかどうかはわからない。

いつまでもためらっているのは自分に似合わないと思い、時間の空《あ》いた放課後に衝動的に来てしまったが、言葉を交わすつもりはなかった。ただ、どんな人たちか姿を見てみたいだけだった。

だけどいきなり来てみたところで、出入りする時間がわからなければ姿が見られるものではない。呼び鈴を押す気はない。来るかどうかもわからない相手を待ち伏せするのも気が引けるし、もしも当人たちに顔を見られた場合、自分の正体がばれるんじゃないかという不安があった。もしかしたら向こうはこちらの顔を知っているかもしれないし、知らなくても、自分は母親にそっくりだとよく言われる。勘がよければそれでわかってしまうかもしれない。ため息をついて、あきらめた。もっと周到な方法を考えよう。そう思って動きかけた、その時だった。

けたたましい犬の鳴き声がした。べつに犬が怖いわけではないが、あまりに突然だったので体がすくみあがった。その俊哉の体に、弾丸みたいにまっすぐに茶色の中型犬がタックルしてきた。

「う…わっ？」

慌ててたたらを踏んだ。転びそうになるのを寸前で持ちこたえた。その間も犬は尻尾《しっぽ》を振って忙しくまとわりついてくる。気を落ち着かせてよく見てみると、襲われているのではなく、じゃれつかれているみたいだった。犬は俊哉の腰に前脚をかけ、この上なく機嫌よさそうにハッハッと舌を出している。

「なんだ、おまえ」

「すいません！」

遅ればせながら、飼い主らしき人間がリードを手にして走り寄ってきた。

「すいませんっ、テッ、やめろ！」

テッと呼ばれた犬はよほど興奮しているのか、じゃれつくのをやめない。飼い主は首輪をつかんで、抱きかかえるようにして犬を俊哉から引き離した。

「座れ！　よし、よし。落ち着け。どうしたんだ、おまえ」

なだめながら座らせた犬の首のあたりを叩《たた》いている人物を見て、俊哉は息を呑《の》んだ。

自分と同じ年格好の少年。くせのない髪に素直そうな顔。

まさか。

少年が顔を上げる。困ったように笑う。

「本当にどうもすみませんでした。なんかリードが外れちゃって……ふだんはこんなふうに知らない人にじゃれたりしないんだけど」

「いえ…」

うろたえて、でもうろたえているのを悟られないように、顔を隠すようにして慌ててその場を去ろうとした。途端に犬がまた跳びかかってくる。

「あっ、こら！　テッ！」

「うわ、ちょっと…」

舐《な》めたいのかしきりに顔のあたりに鼻面を近づけてくる犬を、二人がかりで押さえ込む。犬の首を抱え込んだ少年が、間近で俊哉の顔を見て、すうっと目を見開いた。

（やば…）

顔を背けて、身を翻そうとした。少年は反射のように俊哉の肘《ひじ》をつかんだ。

「──高槻俊哉」

「え…っ」

「高槻俊哉だろう」

俊哉が思わずつかまれている腕を振り払って逃げようとしたその時、藤家の玄関の開く音がした。

「匡紀《まさき》？　帰ってるの？　なんかテツがずいぶん吠《ほ》えているみたいだけど」

女性の声だ。焦っているからか、母親の声そのものに聞こえた。血の流れが速くなった気がした。

「なんでもない。母さん、悪いけどテツのごはん用意してくれる?」

少年は——匡紀は俊哉の肩をつかんで押すようにして門から遠ざけた。そうしながら門の中に向かって声をかける。いいわよ、と声がして玄関が閉まった。

「母さんは今、体の具合があんまりよくないんだ。君に会わせたくない」

「……」

「そこでちょっと待っててくれ」

言い放つと、まだ騒いでいる犬の首輪にリードをつけ直して、強引に門の中に引っ張っていった。待っていてくれと言われて待つべきかどうか悩んでいるうちに、匡紀が戻ってきた。

「少し行ったところに公園がある。そこへ行こう」


どちらも無言で歩いた。ひどく気づまりだった。隙間《すきま》ができてしまったからとりあえず公園にした、という感じの団地と団地の間の小さな公園で、少年は木にもたれてため息をついた。

学年の中でもかなり背が高い方で年上に見られがちな俊哉と違って、匡紀は小柄で細身の少年だった。柔らかそうな細い髪に、目立って整っているわけではないが優しい嫌味のない顔立ち。ずいぶんおとなしそうな子供だと思った。クラスメイトにいても、たぶん関わりを持たないタイプだ。

「…君、高槻俊哉だろ」

うつむいていた顔をふっと上げて、匡紀は俊哉を見て言った。たじろぐようなまっすぐな目だった。俊哉は迷った末、顎《あご》を引くようにして頷いた。

「すぐわかったよ。母さんにそっくりなんだもんな。……もっとも、君は君のお母さんに似てるんだろうけど」

言っていることがよくわからなかった。俊哉が眉をひそめると、匡紀は首を傾《かし》げた。

「もしかして、知らないの？」

「…何を」

「知っているからここに来たんだろう？」

俊哉が答えないでいると、匡紀はほんの少しだけ近づいてきた。

「僕が誰だか知ってる？」

「藤……マサキ」

「僕の母親は君の…」

「知ってるよ。父親が同じなんだろ。おまけに母親同士は姉妹」

「そうだけど…」

乱暴な口調でかぶせるように言うと、匡紀は言い惑うように瞳《ひとみ》を伏せた。はっきりしない様子にいらいらした。

「なんだよ」

少し強い口調で言うと、顔を上げた。

「君のお母さんとうちの母は、双子の姉妹だ」

「え…」

「同じ顔をしているんだ」

知らなかった。会計士はそこまでは教えてくれなかった。先ほど聞いた声を思い出す。動転していて母親の声そのもののように聞こえたけど、本当に声まで同じだったのかもしれない。

俊哉が親指の爪を噛んで考え込んでいる間、匡紀は俊哉を探るようにじっと見つめていた。

「——どうして来たんだ?」

「え?」

「何しに来たんだって訊いている」

物怖《ものお》じせずまっすぐに見つめてくる目を見返した。おとなしそうだなんてとんでもないと思った。表面は柔らかそうなのに、内側はかなり手強《てごわ》そうだ。堅い木を真綿でくるんだみたいだ。

「君のお母さんが亡くなって、葬式にも行けなくて、母さんはずいぶんまいっている。君に会わせたくないし、会わせる理由もないと思う」

もっともだな、と俊哉は思った。

「……おまえはうちの親に会ったことあるのか？」

訊き返すと、匡紀は少しの間黙り込んだ。

「……君のお母さんには会ったことはない。僕たちのことをとても嫌っているから。お父さんには……年に一度、誕生日の翌日に会っている」

「誕生日の翌日？」

「そういう約束なんだ」

ふうん、と俊哉は鼻を鳴らした。知らないところで、ずいぶんいろいろと決められているものだ。

「僕、もう行かないと」

匡紀が一歩後ろに下がり、迷うように視線を揺らした。それからその目を俊哉に向けて、言った。

「もうここへは来ない方がいい」

いったん言葉を切ってから、もう一度口を開いた。

「来ないでくれ」

口調は落ち着いた静かなものだったけど、その底に固く冷たい拒絶を感じた。あたりまえだけど、想像していたけど、それでもこんなに嫌われているということに、おかしいことだけどわずかに胸が痛んだ。

「二度と来るな」

最後に睨《にら》みつけるようにしてそう言って、藤匡紀はきびすを返して走り去った。


「遅かったわね。リード、いいのあった？」

母親には、リードの金具が壊れているから新しいのを買ってくると言い訳して外に出たんだった。なのに手ぶらで帰ってきてしまったことに、匡紀は舌打ちしたい気分だった。自分で思っているよりも、動揺していたらしい。

「スーパーじゃちゃちなのしかなくてさ。あんなんじゃすぐ壊れちゃうかと思ってやめた。明日、ペットショップ行って探してくるよ」

並びたてた言い訳に、母親はほんのりと笑った。

「そう。母さんも一緒に行こうか。テツに新しいおもちゃ買ってあげようかな」

「体の方はどう？」

「いつまでも病人扱いしないでよ」

楽しそうに言って、今日のごはんは何にしようか、とキッチンに立つ。細い後ろ姿はとても頼りなく思えた。

母親は高槻の家から金銭的な援助を受けているはずだが、そのほとんどを匡紀の生活と教育のためにあてていた。不自由なく大学まで行けるようにと、かなりの部分を貯蓄に回し、自分はパート勤務をしている。だが、その仕事も姉の葬式から三日ほどは休んでいた。今はもう復帰しているが、時々帰ってきてからがっくりと寝込む日がある。もともとの体の弱さに加えて、姉の死、その葬式にも行けなかったことが、相当ダメージを与えているようだった。

高槻の家なら、と唇を噛んで考える。こんなに苦労することはないはずだった。父親の経営する病院で、なんの気苦労もなく、与えられるうちで最高の医療を受けられるはずだった。死んでしまったとはいえ姉がそうだったように。

何が違って、どうしてだめなのか、子供の頃匡紀にはいくら考えてもわからなかった。

「おかあさん、どうして僕のうちにはおとうさんがいないの？」

そう訊いたのは小学校に上がってすぐの頃だった。よそのうちには決まってお母さんとお父さんがいると知ったことが、とてもショックだった。

母親は泣き出しそうな顔をした。何か意地悪なことを言ったのかなととまどった。

「匡紀にもね、ちゃんとお父さんがいるのよ。でもね、お父さんは匡紀だけのお父さんじゃないの。よそのおうちのお父さんでもあるのよ」

そんなの変だ、と思った。おとうさんは、ひとつのおうちにひとりだけだ。だけどそれを言うと母親が本当に泣いてしまいそうで、匡紀は頰をふくらませて下を向いた。

「ごめんね。お母さんがよくないの。匡紀はなんにも悪くないのよ」

母親の手が優しく髪をなでる。髪をなでられるのは好きだった。母親のあたたかい匂いも。

「お父さんがいなくても匡紀が寂しくないように、お母さん二倍頑張る。それじゃだめかなあ」

泣きそうな顔で笑ってそんなふうに言われて、返せる言葉は子供にはなかった。たぶん、自分が何か言ってはいけないことを言ったんだろうと無理に思った。

その後、年齢が上がるにつれてさまざまな事情を理解するようになり、父親からの希望で年に一回だけ会うようになった。父親という人は穏やかそうな紳士で、べつに悪人には見えなかった。いつも匡紀にひどく気を遣っていた。的外れで高価なプレゼントばかりをくれるような人だった。

でも、父親はもういらない。いらなくなった。もう子供じゃないから。欲しいのは、母親の幸福だけだ。

あの少年。高槻俊哉。

きれいな顔をしていた。かたちのいい眉。切れ長の目。匡紀の母親によく似ていた。理由は理解していても、それでも高槻の家の子供が自分の母親と似た顔をしていることに、とても違和感を感じた。正直、不快だった。

会いたくもなかったが、どんな子供だろうと想像はしていた。その想像のどれとも、高槻俊哉は違っていた。金持ちの子供にありがちなわがままさも善意を装った高慢さも見えなかったし、その逆の箱入り息子的なところもなかった。溺愛されて育ったはずなのに、天真爛《らん》漫《まん》とは正反対の顔つきをしていた。

最初は動揺していたようだけど、落ち着いた後の目は静かで、冷ややかという印象すら受けた。あからさまに匡紀に嫌悪を示したり、逆に同情したりといった態度を見せなかった。何をしに来たのかは知らないが、ただ単に確認に来ただけ、というふうに見えた。

二度と来るなと――日頃の憤りや反発感にまかせて口走ってしまった時、その時だけ、端正な顔が少しひきつるように歪《ゆが》んだ。傷つく筋合いでもないだろう、と思い出して唇を噛んだ。そもそも、もしも高槻俊哉に会うようなことがあったら、嫌われようが同情されようが、自分は拒絶しようと思っていた。馴れ合うつもりなんか毛頭なかった。それが当然だと思っていた。

なのにあんな――

一瞬だけ見せたひどく不安定な俊哉の顔に、そう感じる理由もないのに悪いことをした気がした。動揺してしまった。そのことが腹立たしかった。

キッチンに行き、水を一杯飲んだ。その水と一緒に、動揺も苛立ちも飲み込んだ。あんな言い方をすれば、どうせもう二度と会うことはないだろう。そう思った。

小さな古ぼけた神社はテツのお気に入りの場所だった。人が来ることはほとんどないし、延々とコンクリート塀の続く大きな工場と、その工場と同じ会社が所有しているグラウンドに挟まれているせいもあって、そのあたりはふだんから人通りが少なかった。だからその神社の中では、リードを外して自由に走らせた。ほんのささやかな広さだけど緑に覆われているのが嬉《うれ》しいのか、テツはことのほか喜んで跳ね回った。

そのテツが、いつもどおり探検するみたいに茂みの中に鼻面を突っ込んで嗅《か》ぎ回っていたかと思うと、ふいに何かを見つけたのか飛び上がるように向きを変えて走り出した。賽銭《さいせん》箱の前の段に腰かけていた匡紀は、驚いて立ち上がってテツを追った。

「テツ！　どこへ行くんだ」

匡紀の声に答えているのじゃない、ワンワンと嬉しそうな声が聞こえた。

「テツ――」

「いたた、痛いって。わかったからやめろ」

テツは神社に登る石段の途中で、誰かに夢中でじゃれついていた。じゃれつかれている方は、腕で顔をかばうようにしながら必死でバランスを取っている。その相手の顔を見定めて、匡紀は駆け寄ろうとした足を止めた。

「高槻俊哉――」

顔を上げた相手は、一拍置いてから、「よお」と照れたように笑った。


「尾《つ》けてきたのか？」

非難がましい響きを混ぜたのに頓着《とんちゃく》する様子もなく、高槻俊哉はまあな、と答えた。

「なんで…」

問うと、少し考えるように黙り込んで、それから言った。

「訊きたいことがあってさ。家じゃなきゃいいのかと思って」

「訊きたいことって？」

自分から言い出したのに、俊哉はまた黙り込む。石段に腰かけた俊哉の足元で、裏切り者のテッが行儀よく前脚を伸ばして座って、期待に満ちた目で俊哉を見つめてなでてもらうのを待っている。匡紀は俊哉が座っているより一段上に、距離をあけて座っていた。おまえのご主人は俺だろ、とテッに向かって目で訴えたが効果はなかった。

そのテッの頭に手を伸ばしてなでながら、俊哉は言った。

「この犬、人なつっこいな」

「……ふだんはそんなことないんだけど」

自分の口調はなんだか拗《す》ねた子供みたいだと思った。なでてもらったテッはお許しが出たとばかりに俊哉の膝《ひざ》に前脚をかけて、精一杯首を伸ばして俊哉の顔を舐めようとする。

「うわ、くすぐってえな、あはは、よせって」

逃れようとしながら笑う顔は、びっくりするほど無邪気に見えた。切れ長の目が印象的な整った顔が、こんなふうに無防備に笑うなんて想像もつかなかった。

あまりにじっと見つめてしまったからだろう、匡紀の視線に気づいた俊哉は、小さく肩をすくめて真顔に戻った。

「……おまえんとこのさ」

「え?」

少し落ち着いたテツの背中をなでながら、視線をテツに据えたまま俊哉は言った。

「オヤとうちのオヤって、なんでこういうことになったんだ?」

「なんで…」

とても一言では答えられない複雑な質問に、匡紀は顔をしかめた。

「誕生日、二ヶ月しか変わらないんだろ? 俺さ、この間……お袋の葬式ん時に、初めておまえとその母親のこと、知ったんだ。それまで、親のこととか興味なかったしな。それで…」

「お父さんに聞いてうちに来たの?」

「いや。親父には聞いてない」

「じゃあどうしてうちの住所がわかったんだ?」

「それは…」

少し迷ってから口にした俊哉の話に、匡紀は呆れて目を丸くした。浮気を覗《のぞ》き見るとかそれをネタに脅すとか、とても自分と同じ中学一年生のやることとは思えない。

「お世話になっている病院の人にそんな…」

俊哉は変な顔をした。

「べつに世話になんかなってねえよ。ばれるような浮気する方が悪いんだろ? 家族にばれようがどうしようが俺の知ったこっちゃねえし」

「でも自分のところの病院の…」

「俺には関係ない」

「……」

「病院の奴らなんて、俺に会うとへらへら愛想笑いするだけだぜ。そんな奴ら、まともに相手する必要ねえだろ」

どうにも返す言葉が見つからない。自分の中の「高槻俊哉」がうまく収まらなくなってくる。

「それで？」

「え？」

「なんで親父は、おまえの母親と結婚しなかったんだ？」

当の高槻俊哉から、こういう質問をされるとは思わなかった。答えあぐねていると重ねて訊かれて、仕方なく口を開いた。

「——母さんの叔母さんっていう人に聞いたんだけど」

「叔母さん？　そんな人には会ったことないな」

「うん、まあ…。高槻の方とはつきあいがなかったみたいなんだけど。その人、もう亡くなってるんだけど、その叔母さんが言ってた。もともとは母さんと君のお父さんが恋人同士だったんだって」

俊哉は何も言わなかった。匡紀の顔をじっと見つめている。

「でも佐和さんは……君のお母さんは、妹の持ってるものをなんでも欲しがるんだって。子供の頃からそうだったって」

最低だな、とぽつりと言って、俊哉は自分の膝の間に視線を落とした。

「でも二人はすごく仲のいい双子だったって聞いた。仲がよすぎたんだって、そう言ってた」

返事はない。言わない方がよかったかなと思って、その後すぐにそんなに気を遣う必要はないじゃないかと考え直した。こいつは「高槻俊哉」なんだから。

「――わかった」

ずいぶん長く間をおいてから、俊哉が言った。言った後、また黙り込んだ。

何も話さずに二人で座り込んでいるのは気まずかった。だけどそもそも相手をしなくちゃいけないわけじゃないんじゃないかとも匡紀は思ったが、ひどく真面目に――落ち込んだような顔で考えにふけっている相手を置いていくのは気が引けた。立ち上がるタイミングをはかっていると、それをくれたのはテツだった。

テツは人間たちが真面目な話をしているのを察していたのか、話の間はずっと俊哉の足元でおとなしく伏せをしていたけど、もう終わったと判断したのか待ちきれなくなったのか、いきなり俊哉の膝に脚をかけてわんっと吠えた。その声に、俊哉は寝ているところを急に起こされたように目を瞬《しばたた》いた。

「――あ、びっくりした」

「テツ。おいで」

立ち上がって首輪にリードをつけて、犬を俊哉から引き離す。

「…あ。悪いな。散歩のじゃまして…」

「いや。……じゃあ、僕もう行くから」

「うん…」

俊哉はまだ寝起きみたいなぼんやりとした目でテツを見ている。それから、軽く頭を振って立ち上がった。

「途中まで、一緒に行ってもいいか」

「…いいけど」

結局また沈黙したまま、気まずく二人で歩くはめになった。テツだけがご機嫌だ。だけど、俊哉は匡紀がしゃべらないこともべつだん気にしていないように見えた。

角を曲がれば家の門が見えるというところまで来ると、俊哉は立ち止まった。

「じゃあ、今日は悪かったな。いきなり」

「いや…」

「……いつも、あのコースなのか？」

「え？」

「散歩」

「ああ、うんまあ、だいたい…」

「ふうん。……また行ってもいいか」

「え?」

「あの神社に。散歩につきあわせてくれ」

驚いて「なんで?」と訊くと「犬がけっこう好きだから」という本気かどうかわからない答えが返ってきた。まじまじと顔を見ても、無表情な切れ長の目は何を考えているのかわからない。

わりとあからさまに拒絶を示したつもりだったんだけど、伝わらなかったんだろうか。それとも、思ったより屈託のありそうな俊哉は、自分と一緒にいることで何か気が紛れたりするんだろうか。

考えているうちに、匡紀が何も言わないのを了承と受け取ったのか、じゃあ、と俊哉が身を翻した。

「あ…」

思わず引きとめようと手を伸ばしかけると、俊哉が急に振り返った。

「そうだ。もうひとつ、訊きたかったんだけど」

「えっ?」

「名前」

匡紀は首を傾げた。

「匡紀だよ。知ってるんだろう?」

「漢字を知らない」

「…ああ」

納得して、でも自分の名前の漢字を口で説明する方法がよくわからなくて、迷った末、匡紀は俊哉に手を差し出させた。手のひらに指で文字を書く。俊哉はじっと匡紀の指を見つめていた。

「これでいい？」

「ああ」

俊哉は頷いて、書かれた見えない文字を握り込むようにぎゅっと拳《こぶし》を作った。そしてその拳を握ったまま、今度こそ本当に来た道を戻っていった。


匡紀はひそかに混乱していた。言葉どおり、俊哉は週に一、二度の割で散歩コースの神社に現れた。会うとテッと遊んで、少しだけ匡紀と言葉を交わして、家の近くまで一緒に歩いて門の見えないところで帰っていく。会話は学校のことだの前日のニュースのことだの、つまりはどうでもいいような世間話で、それも俊哉は自分が話すよりも匡紀に話を促した。深い話はしなかった。互いの親の話が出たのも、あの最初の日だけだった。

いったいどうしてこんなことをしているのかわからない。なんの意味があるのかわからない。だけど俊哉は意味なんかなさそうに、ふらっと現れては何をするでもなく一緒に過ごして、時間が来るとあっさり帰る。あからさまに喜んでいるのはテツだけだった。

俊哉と遊ぶようになったせいで、テツは「取ってこい」の遊びができるようになった。それまでは何か投げてやると一目散に取りに行くのだが、くわえると戻ってこずにそれをどこかに隠してしまって、遊びにならなかったのだ。だけど俊哉が教えるとものの数回で、拾ってきてはまた投げてもらうという遊びを覚えた。テツは俊哉に会うと頻繁にそれをやりたがって、ねだるように自分から小枝を拾ってきて俊哉の足元に置いたりした。完全に遊び相手と決めたみたいだった。

「犬と遊ぶ」という理由が立派に遂行されている以上、何をしに来るんだとは今さら聞けない。匡紀は会うたびにとまどいを感じながら、それでも徹底的な拒絶はしなかった。俊哉に何か訊かれると、必要最低限ながらもちゃんと答えた。

「何それ?」

その日匡紀が持参した物を、俊哉は目ざとく見つけて問いかけてきた。

「子供の頃作らなかった? テツがこれで遊ぶの好きなんだけどさ、すぐに隠しちゃうから困ってたんだ。だけど取ってこいができるようになったから、もう一度やってみようかと思って昨日作ったんだけど」

割り箸《ばし》と輪ゴムで作った、簡単な飛行機だった。後ろのプロペラを指で回すとゴムが巻きついて、その戻る力を利用して飛ぶようにできている。

「ふうん、ちょっと貸して」

俊哉はその飛行機を手に取ると、めずらしそうに仔細《しさい》に眺めていた。作って遊んだことがないのかな、と匡紀は思った。

「飛ばしてみていいか？」

頷いて、飛ばし方を教える。俊哉はゴムをいっぱいに巻いて、風に乗せるようにすうっと飛ばした。

「——あ」

初めて手にするもので、力の加減がわからなかったのだろう。割り箸の飛行機は大きな弧を描いて、神社の周りに植えられた木のひとつ、手の届かない梢《こずえ》の高みにひっかかった。テツは飛行機が俊哉の手を離れてすぐに飛び出して追っていたが、ひっかかって落ちてこない木の下で、困ったようにうろうろと歩きまわった。

「すごく飛んだな」

「悪い。あんなに飛ぶなんて思わなかった」

二人は木の根元に駆け寄った。飛行機は三メートルほどの上空の枝と枝の間に、わりとしっかり居座っている。落とそうと幹を揺らしてみたが、ほどんど振動は伝わらなかった。

「登れねえかな…」

「いいよ。危ないから」

「でもせっかく作ったんだろ」

言うと、俊哉はさっそく幹に両手で取りついて、足がかりを探してスニーカーの爪先《つまさき》をがつがっと打ちつけた。わずかな隆起を見つけて足をかけると、ためらう素振りもなく身軽に体を持ち上げて、一番下の枝をつかんだ。

「おい…、危ないよ」

「大丈夫」

言葉どおり、俊哉は危なげなく着実に体を上に進めていく。あっという間に飛行機と同じ高さまで登った。呆れるほど身のこなしが鮮やかだった。猫みたいだと思った。

飛行機がひっかかっている枝は比較的太いしっかりしたものだったけど、俊哉は慎重に、片手で他の枝につかまり、腰を落として膝をそろりと進めて手を伸ばした。見上げていた匡紀が届きそうだと唾を飲んだ時、みしりと枝が鳴った。体を乗せている枝じゃなく、片手でつかまっている方の枝だった。

「危ない…っ」

「わ…」

次の瞬間、バキッと大きな音をたてて枝は折れた。匡紀の頭上で、俊哉の体がぐらりと大きく傾いだ。

(…っ)

考えるよりも先に体が動いて、落ちてくるはずの体を受けとめようとした。両手を精一杯伸ばした。

が、待っても衝撃は降ってこなかった。匡紀の腕の中には、ただ散らされた木の葉がはらはらと落ちてきただけだった。

慌てて上を見ると、俊哉は見ている方の心臓が痛くなるような危ういバランスを保って、他の枝につかまっている。片足がぶらりと宙に浮いていた。

「だ、大丈夫？」

声をかけると、窮屈な姿勢のまま、口の端を上げて笑った。

「やばかった」

「だから言っただろ、こんな…」

「ちょっと待て」

言うと、俊哉は木の上でなんとか体勢を立て直し、今度は中央の幹に腕を回した状態で、飛行機の方に片足を伸ばした。爪先でそれを蹴《け》る。俊哉を受けとめようと用意していた腕の中には、ふわりと軽い飛行機が落ちてきた。

「早く降りてこいよ」

「今行く」

降りるのは登るよりもずっとスピーディだった。半分ほど降りたところで、俊哉は幹を蹴ってジャンプして地上に降りた。

「小学生みたいなことするから」

駆け寄って、心配させられた腹立たしさにきつい口調で言った。俊哉は前髪をかき上げて悪びれない顔で笑う。

「取れたんだからいいだろ」

どうしてそう笑顔だけは子供みたいな…と恨みがましく睨みつけて、その時に俊哉の一の腕の内側が切れて血が滴っているのに気づいた。ぎょっとした。傷口は十センチ近くの長さにわたっていて、ぽたぽたと締まりの悪い水道みたいに血が肘から地面に落ちている。

「怪我《けが》してるぞっ」

「あ？」

俊哉は腕をひねって自分の傷口を見て、ああ…と軽く眉を上げた。

「こんなの舐めときゃ治る」

「バカッ！　舐めて治る傷とそうじゃない傷もわかんないのか！」

俊哉はきょとんと瞬《まばた》きした。匡紀は自分でも驚いた。何を言っているんだ、僕は。まるで「兄貴」みたいに。

「と…とにかく、病院行った方がいいよ。そうだ、君んち病院なんだから、すぐに行って…」

「いいよ」

切って捨てるように俊哉は言った。

「必要ない」

「だめだよ。縫った方がいいのかもしれないし…。いいから早く」

「いいって言ってんだろ」

怪我をしていない左腕をつかもうとしたら、邪険に振り払われた。そうした後、今度は俊哉の方が気まずげに黙り込んだ。

「……うちの病院には行きたくないんだよ」

俊哉が自分の父親と病院のことを嫌悪していることは知っていた。匡紀は小さくため息をついた。

「じゃあどこか近くの病院に…」

「だめだ」

「どうして」

「病院に行ったら保険証がいるだろ。どこにあるのか知らないし…必要だなんて言ったら、きっと家政婦にうるさく問いつめられる。うっとうしいよ」

「そんなこと言ったって…」

「だから、いいよ、べつに」

言うと、俊哉は腕をひねって滴っている血を舐めとって、それを汚いもののようにペッと地面に吐いた。

「…仕方ないな、もう」

ハンカチを持っていないらしいので、匡紀はポケットから自分のハンカチを出して、それで俊哉の傷口を巻いた。止血という知識はあったので、なるべくきつく縛った。

「痛い」

「うるさい。我慢しろ」

いらいらして言ったのに、俊哉はなぜだかにやにやと笑う。よけいに癇《かん》に障った。

「……すごく嫌だけど」

「え？」

「うちへ行こう」

俊哉は軽く眉を上げた。

「傷薬と包帯くらいならあるから」

「お袋さんに会わせたくないんだろ」

「今ならたぶんまだ仕事から帰ってきてないから」

俊哉は少し考えて、首を振った。

「やっぱりいいよ」

仕方ないからと誘ったのに断られて、逆にむっとした。

「いいから来いって言ってるだろ」

「いいって」

「よくないっ」

左手をもう一度つかんで、匡紀は強引に歩き出した。今度は俊哉も何も言わなかった。

小さな古い家の内部を、俊哉はものめずらしそうに見まわしていた。きょろきょろと落ち着かない様子の俊哉に、「そこで傷口洗って」とか「そのハンカチはそこに捨てて」と、次々命令するように指示した。俊哉は何も言わず素直に従っていた。年季の入った卓袱《ちゃぶ》台の前に座らせて、救急箱を持って隣に座った。

「…血、止まったかな」

「もう止まりかけてる。思ったほど深くないみたいだな。これなら縫わなくても大丈夫だろ」

俊哉は自分の傷口を仔細に観察して言った。

「でも痕《あと》が残ったら…」

「女の子じゃねえんだからかまやしねえよ」

高槻家の大事な跡取り息子に怪我をさせた。今そのことに気づいたけど、かまうもんかと思った。

救急箱の中をひっかきまわして傷薬を見つけ、それを塗りつけてからガーゼをあてて包帯を巻いた。慣れないせいで包帯はきつくなったりゆるんだりしてちっとも上手に巻けなかったけど、俊哉は何も言わなかった。

「サンキュ」

ひどく不格好にはなったがなんとか包帯を巻き終わると、すぐに俊哉は立ち上がった。

「じゃあ俺、帰るから」

「あ、えーと、飲み物でも…」

「いいよ。じゃあな」

ひとりですたすたと玄関に向かう。慌てて匡紀は後を追った。さっさとスニーカーを履いた俊哉が玄関の引き戸に指をかけようとした時、ガラッと音をたててそれは開いた。

「あら」

母親が目を丸くして立っていた。


「こんな巻き方じゃ、すぐにゆるんできちゃうわよ」

包帯を巻き直している母親は、なんだかとても楽しそうに匡紀には見えた。俊哉は一言もしゃべらず神妙にされるままになっている。終わると「すみません」とぺこりと頭を下げた。

「お茶いれましょうね」

キッチンに去っていく後ろ姿を、俊哉は放心したようにぼんやりと見送っている。匡紀は急いで母親の後を追った。

帰宅した母親があら、とひとこと言った後、その場にはひどく緊張した、張りつめた空気が漂った。何を言ったらいいのかわからないがとりあえず何か言わなくてはと匡紀が口を開きかけた時、母親は目を細めてふわっと笑った。

「俊哉くん、よね」

背後に立っていたので俊哉がどんな表情をしたのかはわからない。ただ肩がわずかに揺れた。

「はじめまして。藤志乃です。あなたにとっては――ええと、叔母さんでいいのかしらね」

俊哉がここにいるということは、つまりすべての事情をわかっているのだということを、何も言わなくても母親は了解したらしかった。

「どうしたの？　その手の包帯」

「――あ、ええと…」

俊哉は口ごもっている。匡紀は後ろから口を出した。

「あの――木の枝にひっかけて、あの、飛行機が、テッと遊んでて」

うろたえてまるで要領を得ない説明だったが、母親は「そう」と穏やかに言って、そっと包帯を巻かれている俊哉の腕を取った。びくん、とそれとわかるほどに俊哉の体が揺れた。

「これ、匡紀がやったの？」

「あ、はい」

「へたねえ。母さんがやり直してあげるわ」

母親はにっこりと笑い、家の中に入っていった。それで結局、匡紀と俊哉は再度家の中に戻ることになったのだ。

台所でやかんを火にかけている母親の隣に立って、今までの経緯を説明した。とは言っても匡紀自身どうしてこうなったのかわからない、いわばなりゆきみたいなものだったから、説明はやっぱりはっきりしないものになった。

「そう」

しどろもどろの説明を終えると、母親は匡紀の目を見て優しく笑った。

「俊哉くん、お母さん亡くしたばかりだものね。兄弟なんだから、匡紀と仲よくしてくれると嬉しいわ」

「仲よくとかそういう…」

「いいじゃないの。匡紀たちは縛られる必要ないわ」

「母さんはあいつが憎らしくないの？」

鷹揚《おうよう》な母親のセリフにいらいらして、つい大きな声が出た。言ってから、居間にいる俊哉に聞こえたんじゃないかと慌てた。

「どうして？」

母親はやっぱり笑う。

「憎くないわよ。佐和の子だもの」

母親の手が、匡紀の頬にそっと触れた。乾いた暖かい手だった。少し荒れている。

「匡紀も憎む必要なんかないのよ」

「――」

母親は人がよすぎると思う。そんなんだからいつも貧乏くじばっかり引いているのだ。むかむかしながら居間に戻ると、俊哉が所在なげに腕の包帯を眺めていた。匡紀に気がつくと顔を上げて、ゆるく微笑った。

「同じ顔なのに、ぜんぜん違うんだな」

「…そう？」

「俺はあの人の笑った顔なんか、ここ数年見たことがなかった」

また包帯に視線を落とす俊哉に、かける言葉をなくしてとまどう。そこに母親がお茶を載せたトレイを持って入ってきた。

母親は明るい屈託のない表情で話し、俊哉の話を聞きたがった。学校のことや、友達のことや、どんな遊びが好きかとか。初めのうち表情の硬かった俊哉も、少しずつ笑顔を見せるようになっていった。

夕飯を食べていけばという母親の誘いを断って俊哉が帰る時、匡紀は駅まで送るからと言って一緒に家を出た。二人で並んで歩いている時、俊哉が何気なさそうに言った。

「おまえんちは、居心地がいいな」

「そうかな」

「……俺もああいう家に生まれたかった」

勝手なことを、と思う。だけど言えなかった。俊哉があんまり寂しそうに見えたから。

「ここでいいよ。道はわかるから」

曲がり角にさしかかった時、俊哉は軽く片手を挙げた。「じゃあまた」という言葉に、匡紀は反射的に「またな」と言葉を返した。

自室でベッドに体を投げ出して、俊哉は右手の白い包帯を眺めた。まだ長袖の季節でよかった。父親よりも、家政婦の方がうるさい。

包帯を巻いてくれた人のことを考える。柔らかい表情、ゆっくりした話し方。同じ顔でもあんなに違うものかと思う。少し話すともう、同じ顔はしていても違う人と話している感覚になった。

匡紀は俊哉の顔が母親に似ていると言っていたけど、やっぱり似ているのは匡紀の方だと思う。ひかえめな笑い方も、側《そば》にいると肩の力が抜けるような感じも。

匡紀が自分と会うことをとまどっているのは感じていた。立場から言えば当然のことだと思う。自分だって、こんなに何度も会いに行こうとは考えていなかった。

だけどなんだか匡紀の側にいると落ち着けた。楽に呼吸ができた。

嫌われているという前提があったからかもしれない。はっきりそれを示されて、いっそすっきりした。かまえる必要がなくなった。相手が自分に望んでいるものを敏感に察知してその通りに行動したり、逆に嫌われるように仕向けたり、なんて面倒なことをする必要もなかった。両親や病院に対する嫌悪を隠さなくてもいいし、無理に笑わなくてもいい。最初からゼロで、何も望まれていないというのが、こんなに楽だということをそれまで知らなかった。

話しかけた時に少しの間ができるのは、最初は迷惑だからかと思っていたけど、そのうちに質問に対していちいち真面目に考えているからだということがわかった。笑う時は少し首を傾げて、小さな子供みたいにはにかんで笑った。誠実で、嘘《うそ》がない。そういう人間は今まで自分の周りにいなかった。

困らせるからもう会いに行くのはやめようと毎回思ったけど、何日かするとまた会いたくなった。退屈で嘘の多い日常に嫌気がさすと、あの何をするでもないぽっかりと無駄な時間が欲しくなった。

ああいう家に生まれたかった。それは本音だった。大きな家も贅沢《ぜいたく》な自室も恵まれた将来もさして魅力のあるものじゃない。それよりも、子供の傷に包帯を巻いてくれる母親が欲しかった。

俊哉はもう一度腕の包帯を見た。親父は馬鹿だ、と思った。彼女と結婚すればよかったのに。


匡紀はテツの首輪からリードを外した。とたんにテツは嬉しそうに駆け出す。駆ける先には俊哉がいる。賽銭箱の前で、手持ち無沙汰《ぶさた》そうに頬杖をついて。そうじゃないかなとなんとなく思ったけど勘が当たった。最近、俊哉が現れるのがわかるようになってきた。

俊哉と初めて会ってから二ヶ月以上がたっていた。相変わらずふらりとやってきてテツと遊んでいく。変わったのは、時々うちへ寄るようになったことだ。母親が連れてこいとうるさいためだった。

「よお」

俊哉はいつも唇の片方だけ上げるようにして、にやっと笑う。最初に神社で彼を見つけた時と同じように。

「ちょうどよかった。もし会ったら、母さんがうちに連れてきなさいって言ってたんだ」

「またメシ食わせてくれんの？」

俊哉は匡紀の母親の手料理をことのほか気に入っていた。家政婦がいるらしいから母親がいなくても食事には不自由していないはずだが、家で食べるのが嫌なのかもしれない。

「それもあるけど、スイカ買ってきたんだ。まるまる一個」

「へえ」

「二人家族なんだから一個は多いだろっていつも言うんだけど、包丁でまっぷたつに切るのが快感なんだって」

「はは。豪快だな」

「だから片づけるの手伝ってくれよ」

「スイカか」

と、俊哉はテツの毛並に指を埋めた。

「ひょっとして嫌い？」

「いや。そんなことないけど。ただスイカなんて食うの何年ぶりかなって思って」

「ふだん食べないの？　うちは毎年食べるけど」

「スイカなんて、家族団欒《だんらん》がなきゃ食わねえだろ」

何気なく言われて、返す言葉をなくした。言われてみればそういうものかもしれなかった。散歩を終え、仕事から帰った母親も交えて夕食をとる。俊哉は匡紀の母親相手にはそれほど口数が多くない。だけど母親と話すのを嫌がっている感じはしなかった。時々屈託のない笑みも見せた。

母親のいないところで、俊哉は時おり自分の母親と匡紀の母親を比べてみせた。あそこが違う、こういうところが似ていない、自分の母親はあんなことはしなかった、と。匡紀をうらやましがっているようにも見えた。

「俊哉くん、匡紀はねえ、小さい頃、スイカの種を食べるとおなかから芽が出ちゃうと思ってたのよ」

切り分けたスイカを載せた大皿を卓袱台に置きながら、母親が笑って言う。

「何言ってんだよ、母さん。そんな昔のこと」

「ふふ。スイカ食べてたと思ったらね、泣きべそかきながら来るのよ。どうしたのって訊いたら、種のんじゃった、おへそから芽が出ちゃうよーってもう大泣き」

「ははは」

「俊哉、笑いすぎ」

「かわいいなあ、匡紀」

「うるさい」

俊哉も母親も笑っている。だからつられて笑った。だけど笑いながら強く思った。こんなのはどこか間違っている。

愛人と愛人の息子と本妻の息子。

俊哉と一緒にいると、なんだか心がざわついてくる。時々とてもいたたまれなくなって、苦しくなる。

俊哉はこういう家に生まれたかったと言う。だけど匡紀は違った。俊哉のような家に生まれていれば、自分が高槻の家の子供だったら、母親は寂しい思いをせずにすんだのに。事情を理解してからずっとそう考えてきた。高槻の家の子供なんて、憎むべきものでしかなかった。

苦しい。俊哉を見ているのが嫌だ。自分がそうなれなかったものを見ているのは。だけど俊哉は屈託なく笑って、時には寂しそうな顔を見せる。たまらなかった。

「俊哉。僕、この間十三になったよ」

母親が洗い物に立っているあいまに言った。

「へえ。そうなのか?」

「君の誕生日は十月だって言ってたよな。だから…」

「二ヶ月だけは、ひとつ違いの兄貴ってことだな」

俊哉はなんの気負いもなくさらりとそう言った。

兄貴。それに間違いはない。腹違いと言っても母親同士は双子だから、限りなく普通の兄弟に近い。

でもやっぱり苦しくなった。

「テツがさ」

「うん?」

「君になついてるのが、ちょっと意外だ」

「なんで?」

「あいつさ、ほんとはけっこう人見知りするんだ。かわいがってくれる近所の人とかはいいんだけど、それ以外の人はだめ。嚙みついたりはしないけど、触られると鼻面に皺《しわ》寄せて嫌がるんだ。……あんなふうに、初めての人に手放しでなつくなんて初めてだ」

俊哉はしばらく黙り込んでから、「血の匂いが一緒なんじゃねえの」と冗談めかした口調で言った。

「血の匂いか…」

ため息が出た。

「僕さ……正直に言うけど、俊哉のこと、あんまり好きじゃなかった。…いや、嫌いだった。高槻俊哉が。もしも会ったら、思いっきり嫌味を言って傷つけてやろうと思ってた。会うつもりもなかったけど」

俊哉は何も言わなかった。

「でもテツは君が好きなんだな…。母さんも」

「――俺が嫌いか?」

匡紀はうつむけていた顔を上げた。俊哉の目がまっすぐに自分を見ていた。真っ黒な瞳の、綺麗《きれい》な切れ長の目が。

「『高槻俊哉』は嫌いだよ。……君のことは、よくわからないや」

俊哉が目を伏せた。ああ、傷つけたな、と思った。予定どおりのはずなのに、やっぱりどうしてか苦しくなった。

年度が変わって、匡紀は中学二年生になった。その日は始業式だった。俊哉も同じ日に始業式だと言っていたなと思い出した。

途切れそうで途切れない俊哉との関係は、一年近くたってもまだ続いている。俊哉が来なくなればそれも切れたのかもしれないが、彼はほとんど一定の間をおいて散歩コースの神社に現れた。たまにしばらく顔を見せないと、どうしたんだろうと匡紀の方が不安になったりした。そのうちひょっこりと現れて、「試験だった」と面倒くさそうに言っていたが。

俊哉の存在に慣れてきて、少しずつその読みにくい表情や難しい感情表現がつかめるようになってくると、わかったことがあった。俊哉は死んだ自分の母親を悪し様に言い、匡紀の母親と比べるけれど、そうやって口に出すことで、自分の中の感情に折り合いをつけているように見えた。

「最近、母さんの夢をよく見るんだ」

いつだったか、俊哉はそんなふうに言っていた。

「おまえの母さんと顔が同じだからかな。なんか思い出しちゃって…」

疲れたように笑った顔は、ひどく寂しそうに見えた。

「俺はおまえの母さんの子供に生まれたかったよ」

俊哉は自分の不安定さを知らない、と思う。

母親のことを好きではないとはっきり言ってはいるけど、匡紀から見ても俊哉は母親の死にダメージを受けているように思えた。愛されていないと感じたまま相手がいなくなってしまったことに、とても傷ついている。それは十二、十三の子供としてはあたりまえのことなのだけど、俊哉ははなからそんな感情を自分に認めていない。

不安定な感情。不安定な子供。俊哉は自分自身のことも嫌っているように見えた。

初日の日程は始業式と大掃除だけだったので、いつもより長めの散歩にテッと出て、帰りに神社にも寄ってみた。俊哉は来ていなかった。べつに落胆はしなかったけど、テッはがっかりしたようだった。ここ一週間ほど来ていない。「またすぐに会えるだろ」と匡紀はテッに言いきかせた。

俊哉はその晩、夜が更けてから来た。真夜中に、藤家の二階の匡紀の部屋の窓に石を投げて。そんなことは初めてだった。

昨日まで春休みで夜更かしの癖がついていたせいか、匡紀は妙に寝つけなくてベッドの中で本を読んでいた。こつんとガラスの鳴るかすかな音に最初は気のせいかと思ったけど、二度、三度と鳴るうちに気になって窓を開けてみた。

俊哉は春の朧月《おぼろづき》の下、向かいの家のコンクリートの塀を背にして立っていた。その家の庭には大きな桜の樹がある。匡紀の部屋の窓からも眺められて、自宅で花見ができるので気に入っていた。ぼんやりとした月明かりの下、俊哉の上にちらちらと花びらが散っていた。

「よお」といつもと変わらない顔で、俊哉は笑ったように見えた。

「…どうしたんだよ」

「ちょっとな」

また笑ったのかもしれない。月光と街灯だけではよくわからなかった。

「…そこに行ってもいいか」

時計を見ると深夜一時を回っていた。迷ったのは少しだけで、すぐに窓から身を離して階下に向かった。母親は一階で眠っている。起こさないように足を忍ばせて階段を下り、玄関の鍵《かぎ》をそうっと開けた。

「悪いな。こんな時間に」

俊哉の顔はべつだんふだんと違っているようには見えなかった。何か緊急の用事があるふうでもない。強いて言えば、少し疲れているみたいだった。

重ねて理由を訊くことはしないで、自分の部屋に連れていった。俊哉は何も言わずに窓の下に座り込んだ。髪が少し乱れている。寝ていたのかもしれなかった。

ありきたりな世間話をする気にもなれず、匡紀は俊哉から少し離れて座った。沈黙が続く中、匡紀は俊哉の背後の窓を見ていた。夜の中、光源もないのにぼうっと光るような桜が綺麗だった。花はさっきと同じように俊哉に降っているように見えた。

　カチッと小さな音がした。見ると、俊哉が煙草をくわえて、安っぽいライターを握っている。少し前から煙草を吸うようになったのは知っていた。おいしそうに吸っているようには見えなかったから、匡紀は見かけるたびにやめさせた。匡紀が止めるのを期待して吸っているようにも思えたから、あえて何度も繰り返し止めた。ライターはオイルが切れているのか、なかなか火が点《つ》かない。

「……煙草、やめた方がいいって言ってるだろ」

　俊哉は何も言わない。つかないライターに意地になったように、何度も何度もカチカチと石を鳴らす。

「俊哉は成長が早いけど、まだ中学生なんだし……」

　ライターを握っている指先が細かく震えているのに気づいた。くわえた煙草の先も、かすかに揺れている。

「俊哉？」

「――くそ……っ」

　癇癪を起こしたように俊哉は煙草をむしり取って、手にしていたライターを投げつけた。それは俊哉と匡紀のちょうど真ん中あたりの床に当たって、回転しながら滑って見えなくなった。

「…どうしたんだ？」

膝を進めて近づいた。俊哉は両手の指を組んで、言うことをきかない手を押さえ込むようにぎゅっと力をこめている。うつむいているせいで前髪に隠れて口元しか見えなかったけど、それはかたく引き結ばれていた。歯を食いしばっているみたいに。

「…震えてるぞ」

そっと指先だけで手の甲に触れた。俊哉はびくっと肩を揺らした。

「……嫌な夢を見た」

「大丈夫だよ」

大丈夫、と言いながら震えをしずめるように組んだ両手ごと手のひらで包んだ。

「かあ…母さんが生きてて」

「俊哉、夢だよ」

「俺、玄関から出ようとしてて……母さんが何か言ってて、何か、普通のいつものうるさい小言で」

俊哉の口調は興奮したようにだんだんと早くなっていった。

「だけど途中からなんかわけわかんねえこと言い出して……金切り声でわめいて、俺にすがりついてくるんだ。父さんみたいになるなとか、私にはあなただけとか、そんなこと言いながらしがみついてきて」

「君のお母さんはもう亡くなってるよ」

「俺、怖くて離そうとするんだけど離れなくて、必死に振り払っているうちに、か、母さんがどろどろに溶けてきて」

「俊哉、もういいよ」

「溶けてきて、でも離れないんだ。まとわりついてくるんだ。俺怖くて怖くて、めちゃめちゃに足振りまわして、でもだめで、……俺、母さんを」

「俊哉。……頼むから」

自分の声は懇願しているみたいに響いた。

「母さんを刺した――」

匡紀は目を閉じて俊哉の手を強く握った。

「ナイフが……いつのまにか手にナイフがあって、俺、それ振りまわして、何度も何度も」

傷のついたレコードみたいに、震える声で俊哉は繰り返す。

「何度も何度も母さんを刺した――」

俊哉の指が動いた。上から包むように握っていた匡紀の手を握り返した。

「……匡紀。俺は気が狂ってるのかもしれない」

「違うよ」

「母親だぜ？　それももう死んでるんだ。それを物みたいに何度も」

「俊哉」

「俺はどっかすごくおかしいんだよ。普通の人間じゃないんだ。きっと、もうとっくに気

が」

「僕も父さんを殺す夢を見たことがあるよ」

「──」

「君がおかしいんなら、僕もおんなじだな」

俊哉が目を上げた。その目の端が濡《ぬ》れていた。匡紀は顔を上げて窓の外の桜を見た。誰も見る者がなくても咲き誇る桜を。

「なあ俊哉。僕たちはやく大人になろうな」

自然にそんな言葉が口からこぼれた。

「父親も母親も高槻の家も関係ないところで……もっと、自由になれたらいいな」

「……無理だ」

俊哉がそう言う。憎んでも憎みきれない高槻俊哉が。

「血は消せない」

「……そうだな」

だからせめて手を、と俊哉は囁いた。

「匡紀。……お願いだから手を」

手を握っていてくれ──

「……まったく、もう」

困ったな、と匡紀は微笑《わら》った。俊哉は疲れたのか壁にもたれたまま目を閉じて、浅い寝息を立てている。

「高槻俊哉がこんな奴だったなんて」

手負いの動物みたいに攻撃的で鋭敏で、人を信じることを知らない。なのに時おり剝《む》き出しの寂しさをさらけ出す。

「もっと嫌な奴だったらよかったのに」

本気で心底そう思って、投げやりに匡紀は呟いた。

母親譲りのきれいな顔は、眠っているととても素直そうに見える。女装もいけそうだなと思った自分がおかしかった。

寝顔を見ているうちに音もなく雨が降り出した。カーテンを開けたままの窓の外側を、ゆっくりと水の筋が流れていく。その雨でさらに桜が散らされた。いつまでも絶えることなく、静かに、俊哉の上に桜が降った。

風邪をひくといけないから、と俊哉の肩に毛布をかけた。その時に、俊哉が小さく何かを言った。匡紀、と聞こえた。

2

高い天井の下、蝶《ちょう》ネクタイのボーイが銀の盆を手に流れるような身のこなしで泳いでいる。ゆったりとした間隔で並べられたテーブルについているのは、みんな隙のない服装で固めた大人の男女ばかりだった。ホテルのティーラウンジはくつろぐためにある場所じゃないなと俊哉は思う。

「…あんたさ、こういうところに呼び出すの、俺のこと威嚇《いかく》してんの？」

イカクだって、と女はきれいに口紅をひいた唇を大きく開けて笑った。

「動物的な発想ねえ。だって気分いいじゃないの。こういうとこに制服の高校生連れ歩くのって」

「趣味悪ぃ…」

「さっきまでここで仕事してたのよ。インタビュー。次の仕事がキャンセルになって、時間空いちゃって」

清川夏見《きよかわなつみ》は雑誌のライターをやっているという話だった。色気のある顔と女っぽい服装のわりにさばさばした性格がつきあいやすくて、呼び出されると用事がなければなんとなく応じていた。

最初に会ったのは渋谷で、ガードレールに座っていたら突然声をかけられた。街角の男子高校生を撮るという雑誌の企画だったらしいが、構えられたカメラを睨みつけて拒否するとあっさり引き下がった。その同じ日の夕方に、喫茶店でばったり再会した。仕事はもう終わったという彼女にコーヒーをおごってもらい、あたりさわりのないことを話した。それ以来、月に何度か会っている。夏見はさすがに話題が豊富で頭の回転が速くて、同年代の女の子と会うより格段に楽しめた。

「ねえ俊哉、あんたさ、今高三でしょ。受験生なんじゃないの？」

「まあね」

「余裕ねえ。あくせくする必要ないってこと？」

夏見は俊哉の制服の襟についている校章を軽く指ではじいた。

「私立のエスカレーターだもんね。ねえ、あんたあの坊ちゃん嬢ちゃん学校で浮いてるんじゃないの」

「浮いてるよ」

夏見は楽しそうに笑った。

「どうしてかしらね。あんたはどこにいても浮きそうね。どこに行っても、ここは自分の居場所じゃないって顔してそうよ」

面白がっているようにしか見えない。俊哉はグラスの水を一気に飲み干した。

「暇つぶしに呼んだんだろ？　いいよ。暇つぶししようぜ。部屋もう取ってんの？」

からかい甲斐がないわねえ、と夏見はつまらなそうに肩をすくめた。

夏見の取った部屋に二人で入る。抑えた色調の趣味のいい部屋だった。都心の夜景が見下ろせるので夏見はこのホテルを気に入っているが、今は昼間なので、窓の下には味もそっけもない灰色の風景が広がっているだけだ。

夏見と寝たのは三度目に会った時で、彼女のマンションで酒を飲まされているうちにそういう流れになった。アルコールは入っていても俊哉も夏見も意識はまともで、べつに目が覚めても後悔はしなかった。遊びの延長みたいなものだった。夏見は「たまには高校生もいいかと思って」と笑っていた。

『暇つぶし』を終えた後、俊哉はベッドに仰向けに横たわり、ぼんやりと視線を天井に這《は》わせていた。煙草は吸わない。夏見が嫌がるから。

「あんたさ、そういう、『ああ疲れた』って顔やめなさいよ」

さっさとシャワーを浴びてきた夏見が、下着姿のまま化粧を直しながら言う。

「だって疲れるだろ。女の方が絶対楽そうでいいよな」

「いやあねえ。十代のセリフじゃないわよねえ」

夏見はベッドに両肘をついて、きれいにメイクを終えた顔を突き出した。

「あんたさ、同年代の彼女いるの」

「いないこともないけど…」

「はっきりしないわね」

「なんかさ、要求ばっかかで面倒くさくて。クラスの野郎連中がどうしてああ女子高生獲得に血道を上げるのかわかんねえよな。夏見の方がよっぽどいいよ」

「よっぽど楽ってこと？　失礼よねえ」

べつに傷ついたふうもなく、夏見は笑った。

「ねえ。わかった。どうしてあんたが居場所がなさそうなのか」

真上から覗き込むようにして、夏見は俊哉の前髪を指でいじった。

「あんたさ、欲しいものがないのよ。あんたは最初からいろんなものを持っているけど、本当に自分が欲しくて手に入れたものじゃなきゃ、手の中に持ってるって言えないのよ。あんたはだから手の中からっぽなんだわ」

俊哉はさりげなく夏見の指をはずした。からっぽ、という言葉がやけに胸のうちに響いた。

「違うかな。それとも、欲しいものはあってもあきらめてるのかしら。あんたはさ、なんか十代の無軌道な男の子と、五十代のあきらめくさったオヤジが同居してるみたいよ」

かたちのいい色っぽい唇が、嫌な言葉ばかりを吐く。世間一般的には男は理性の生き物で女は感情の生き物ということになっているらしいが、理性も感情も兼ね備えた生き物は敵なしなんじゃないかと思う。

女を覚えたのは十四の頃で、覚えた当初は夢中になったけど、そのうちにそれとセットになっている女との関係が面倒になってきた。特に同年代の女の子はろくに何もしてくれないくせにわがままばかりで、話題も幼稚ですぐ泣くし、とデメリットばかりが目についてきた。だから夏見のような大人の女のおもちゃでいるのは、都合がよくて、居心地がよかった。

「夏見は年相応だよな」

「ばっかね。女は年は関係ないのよ。だいたいあんた、あたしがいくつだか知ってんの」

「や、知らないけど。まあ想像で」

「いやあねえ。想像すんな、バカ」

笑う唇が優しいと思う。年上の女はみんな容赦があって優しい。

「俺、夏見のことはけっこう好きだけど」

「はいはい。あたしもけっこう好きよ」

じゃれ合って、笑い合った。口紅をつけたままキスすんなと俊哉が抗議をすると、夏見は面白がって無理にキスばかりしようとした。

夏見と別れて電車に乗って、腕時計を見るとまだ夕方の早い時間だった。テツの散歩に間に合うな、と考える。年上でも同年代でも、女に会った後はいつもすごく匡紀に会いたくなる。欲しいもの。それがなんなのかは考えたくない。ただ早く会いたいと思った。会いたくて会いたくて、扉のガラスに手のひらを押しつけて、俊哉は目を閉じた。

初めて会ってから五年以上が経過しても、相変わらず俊哉は匡紀のところに通っている。中学生が高校生になっても、やっていることはさして変わりはない。匡紀の飼い犬のテツの散歩につきあうだけ。よくこんなことを五年以上も続けているものだと、俊哉は自分でも不思議に思う。たまに家に寄って匡紀の母親と三人で夕食をとった。時には帰るのが面倒になって泊めてもらうこともあった。

父親には俊哉が匡紀とその母親のことを知っていることがどこからか（たぶんあの会計士だろう）ばれていて、会っているのかと訊かれた。会っているけどそれがどうした、と開き直ると、面倒くさそうに好きにすればいい、と言い捨てた。それで腹が立って、母親はもういないんだから匡紀たちを籍に入れればいいだろうとくってかかったが、父親はそれだけは認めなかった。母親の遺言があるからと言ってはいたが、どうせ世間体と病院の対面のためだろうと俊哉は思っている。それ以来、父親とはなるべく顔を会わせないようにしていた。

最初のうち俊哉が会いに来るのを不思議そうに、若干迷惑そうにしていた匡紀も、今では俊哉のことを同い年の兄弟か従兄弟程度に考えているようだった。従兄弟だったら遊びに来るのは普通だからだ。だけど俊哉はそうは思っていない。従兄弟なら、こんなに会いたくはならないだろうと思う。

変わったものがあるなら、それは匡紀じゃなくて自分の方だろうと俊哉は思っている。時々夜中に思い出して会いたくなる。嫌なことがあると笑い顔を見たくなる。いつも笑っていて欲しいと思う。あの優しい顔で、自分の側で。

匡紀の中には、何か自分にはないものがあるような気がした。決して自分の中からは生まれないもの。側にいると、それが少しでも空気を伝わって自分の中に流れてくる気がした。

いつもどおりに賽銭箱の前の段に腰かけて匡紀を待つ。この神社だけは五年前とまったく変わらない。だけどテツはもうかなり年みたいで、はしゃいでも以前のように駆けまわったりしなくなっていた。そういう姿を見るたびに、いつまでこんなことをしていられるだろうかと考えた。

足音がして、顔を上げた。匡紀が石段を上がってくる。匡紀の腕を引っ張って、リードをぴんと伸ばしてテツが俊哉の方に向かってこようとしている。片手を挙げかけて、それを下ろした。匡紀の後ろには女の子がついてきていた。

食欲の落ちてきているテツを気遣いながら、少し落としたペースで匡紀は歩いていた。散歩に行くのは尻尾を振って喜ぶけど、あまり長い距離を歩くとテツは目に見えてばてるようになってきていた。テツは匡紀が物心つくかつかないかの頃から家にいて、今はもう十五歳を越えている。いろいろと病気が気になる年齢だった。

定番コースの神社に向かいながら、俊哉が来ているといいなと思った。俊哉のことを大好きなテツは、会えるととても元気になるのだ。母親も同じだった。同じようにこのところ、めっきり体力が落ちてきているように見える。気の滅入ることばかりだった。

そんなことを考えるともなく考えながら、知りつくしている道をろくに左右も見ずに惰性で角を曲がった。その途端、誰かにぶつかりそうになって慌てて後ずさった。

「あっ、すいません」

「わっ」

相手は匡紀よりも犬に驚いたようで、少し飛び上がるように横にどいた。若い女の子だった。テツは吠えたり飛びかかろうとしたりはしていなかったけど、相手を安心させるために首輪をつかんでテツの胴を抱いた。

「すみません、ぼーっとしてて」

「…あっれえー。藤くん」

高いイントネーションに目を上げると、クラスメイトが立っていた。匡紀は軽く目を見開いた。吉沢佳織《よしざわかおり》。一緒に委員をやったこともあるので、よく見知った相手だった。

「吉沢じゃないか。何してんだ、こんなところで」

「友達のうちに遊びに来たんだけど。へえ、藤くんちってこのあたりなんだ」

吉沢はリスみたいな目をくりくりと見開いて、にこっと笑った。

「ああ、まあ」

「それ、藤くんの犬?」

「うん。悪かったな。びっくりさせて。吉沢、犬は平気?」

「うん、全然。いきなりだったからびっくりしただけ。犬って心がまえないとびびるよねえ」

吉沢はすとんと腰を落として、テツと目線を合わせた。

「さわってもいい?」

「あ、ごめん。こいつ人見知りするんだ。知らない人にさわられると緊張しちゃって」

気分を害した様子もなく、吉沢は「そっか」とにこにこ笑った。黒目がちな目と、口元のほくろが印象的な女の子だった。クラスでもけっこうかわいい部類に入っている。

「いいよね。自分だけになついてくれる犬って。うち猫を飼ってるんだけど、もう誰彼かまわず媚《こ》びまくりよ。飼い主のあたしの存在って何？　って時々思うわ」

「はは」

吉沢は気さくで明るい女の子だった。かわいい外見をして、わりにはっきりとした物言いをする。主体性のない女の子が苦手な匡紀には話しやすかった。テッと目線を合わせてさわっていいかと訊いてくれたのもありがたかった。いきなり頭上から手を出されると、テッは怯《おび》えて歯を剝いてしまうのだ。

以前に同じクラスの仲のいい男が吉沢のことを「ちょっといいよな」と言っていたことを思い出した。その時は「そうだな。けっこうね」と返したが、こんなところで私服の彼女とばったり会って、その印象が悪くないと、少しポイントが上がった気がした。

「名前はなんていうの？」

「テッ」

「おー。男らしいなー。ね、散歩だよね。あたしつきあってもいい？　それとも人見知りする子なら嫌がるかな」

「いや、一緒に歩くくらいなら平気。さわんなければ」

「わい。あたし実は散歩マニアなんだ。犬がいるといいよなー。たらたら歩くのも楽しそうで」

「でもこいつは雨の日も風の日も、だぜ」

「それはちょっとキツいかも」

話しながら並んで歩くのは、けっこう楽しかった。たとえば一目惚《ぼ》れとか焦がれるとかいうものではないけれど、こんな気持ちのいい時間を共有できる相手は、そうたくさんはいない。

テツがそっちへ行こうとするからつい習慣で神社に向かいかけて、そうだ、俊哉がいるだろうかと思い出した。決まった日に来るわけじゃないから、いるかどうかはわからない。さっきまではいるといいなと思っていたけど、吉沢と一緒に会うのはなんとなく嫌だなと思った。変に誤解されそうじゃないか？

期待に反して、俊哉はいた。会うのは一週間ぶりだった。いつもどおりに賽銭箱の前に腰を下ろして、匡紀に片手を挙げかけた。その笑った表情がとまどったように止まるのを見て、ちょっと舌打ちしたくなった。

が、数秒おいてから、「よお」といつもと同じ顔で俊哉は笑った。あんまりいつもと変わらなかったので、とまどった表情をしたのは気のせいだったのかなと思うくらいだった。

「だれ？」

胸元に飛び込んできたテツをなでながら、俊哉はゆるく微笑う。

「あ、えーと、同じクラスの子なんだけどさ、そこでばったり会って。吉沢」

吉沢は匡紀の隣に立って「こんにちは」とぺこりと頭を下げた。見上げた目線で匡紀に問う。

「えーと……従兄弟なんだ。俊哉っていうんだけど」

従兄弟というのは嘘じゃない。実際は異母兄弟でもあるけれど。

俊哉は匡紀のその説明に対しては何も言わず、軽く吉沢に頭を下げた。

「近くに住んでるの？　いいね。年の近い従兄弟がいるのって。あたしんとこなんてちっちゃい子ばっかだから、たまに会うと遊び相手させられてもーたいへん」

人見知りをしないらしい吉沢はにこにこと笑った。俊哉はじゃれてくるテツを座ったままなでている。ひととおりかまうと、立ち上がった。

「じゃあ、俺もう行くよ」

「えっ、あ…」

何か誤解をされたんじゃないかと思ったけど、何も言われていないものをむきになって言い返すこともできなかった。吉沢本人もいるし。

「バイトがあるんだ。またな」

アルバイトをしているなんて話は聞いたことがなかった。でも俊哉はそう言って片手を挙げると、ゆっくりと石段を降りていった。

「ごめん。なんかあたしジャマした？」

吉沢が心配そうな目を向けてくる。

「そんなことないよ。テツがあいつに慣れててさ、たまに遊びに来てくれるんだ。そんだけ」

「ふうん。仲いいんだ？」

屈託なく言われて、言葉に詰まった。仲がいい？　そうだろうか。たしかに定期的に会ってはいるけど、わだかまりがまったくなくなったわけじゃない。

「…ねえ。でもさ、かっこいい人だよね。なんか雰囲気あるし。あの制服、N大付属でしょ。やっぱあそこってかっこいい人多いんだー」

そう言ってから、吉沢は思い出したように「あ、藤くんもイイ線いってるよ」と笑った。

匡紀は曖昧に笑い返した。


吉沢佳織が匡紀に泣きついてきたのは、それから一ヶ月ほどたった頃だった。十月に入って過ごしやすくなり、犬の散歩には絶好の時期なのに俊哉が神社に現れないなと思っていた矢先だった。

「あたしね、N大付属の正門前まで行って待ち伏せしたの」

「え…」

話があると言われて誰もいない音楽室に呼び出されて、吉沢はいきなりそう切り出した。

最近元気がないなとなんとなく思ってはいた。だけど特別に親しいわけでもないし、何か機会があったらそれとなく訊いてみようかと思っていたら、吉沢の方から声をかけてきた。吉沢はもう引退はしているが元ブラスバンド部で、今日は練習のない日だからと音楽室を指定してきた。誰にも聞かれたくない話なのは明白だった。

吉沢は最初から暗い表情と暗い声で、いつもくるくると明るく動いていた瞳は床に向けられていて、自分を見ていなかった。

N大付属という単語に関して、自分と吉沢の間の共通項はひとつしかない。

「あの時ね、藤くんの犬の散歩につきあわせてもらった時だけど……ちょっとだけ笑った顔とか、手を挙げた時のしぐさとか、後ろ姿とか……なんか、うん、なんかいいなあと思って……べつに何を話したわけじゃないんだけど」

途切れ途切れに吉沢は話した。

「最初はそれだけだったんだよ。なんかいいなあって。でも、なんでかわかんないけど、何回も思い出しちゃって、……忘れられなくなっちゃって」

あはは、と吉沢は笑った。泣いてしまいそうだった。

「べつに何か期待してたわけじゃないの。ただ、もっかい見れたら嬉しいかなあって。そしたら、自分の気持ちの正体もわかるかなあって思って。それだけだった。会えなかったらしょうがないかなって思ってた。でも、あの人が門から出てきて……ひとりだったの。それであたし、そんなことするつもり全然なかったんだけど、……後、尾けたのね」

匡紀は黙って聞いていた。思ってもみなかった話だった。吉沢はまだ名前を言わず「あの人」としか言っていなかったけど、それが俊哉のことなのは間違いなかった。

「あの人、学校からずいぶん離れた大きな公園まで歩いていって……それでひとりでベンチに座って、煙草吸い始めたの。すごくぼんやりした顔で、ずっとそうしてた。ひとりでずっと。なんか寂しそうだなあって思ったらたまんなくなっちゃって……」

吉沢は目の端をすばやく拭《ぬぐ》った。

「それで、ソフトクリームの屋台が出てて……まだ九月で暑い日だったから。それであたし、それふたつ買って、一個差し出したの。あの人の目の前に。『食べる？』って。すごく緊張したけど、頑張って言った。あの人、びっくりして顔上げて、溶けちゃうよってもっかい言ったら、……笑ったの。笑って、サンキュって言った。……あたし、それでもう

わーってなっちゃった」と顔をくしゃくしゃにした。

こんな顔をする子だなんて知らなかった。いつも明るく笑っている顔しか知らなかった。男のことを「あの人」と話して、せつない顔をするなんて。

「そんなに優しい人じゃなかったよ。なんか買ってくれたり、どっか連れてってくれたりしないの。あんまり自分のこと話してくんなかった。でも側にいられるだけで嬉しかった。ちょっとでも笑ってくれると嬉しかった。あたしには、あの人、なんだかすごく寂しそうに見えたから、あたしといて、ちょっとでも寂しくなくなったらいいのにってそう思ってた」

吉沢の黒目がちのかわいらしい目が、ゆらゆらっと揺れた。

「でもねえ……だめ、だったのかなあ。昨日ね、昨日……見ちゃって。赤坂のね、レストランで、あたしはお母さんとごはん食べてたんだけど、あの人、女の人と一緒だった。年上っぽい人で、最初はお姉さんかなって思った。でも、全然違ったよ。だってねえ……レストランから出たところで、路地裏に入って、キス、してたんだもの」

吉沢はもう顔を見せないで、うつむいて、制服のブレザーのボタンをぎゅっと握っていた。隠しようもなく涙声になっていた。

「すごくきれいな人だった。髪が長くて、きれいにお化粧してて。あたしなんか、太刀打ちできないって感じ。あの人は、あたしといるよりずっと楽しそうだった。……ねえ藤くん、あたし、どうしたらいいかなあ」

どうしたらいいかなんて、そんなこと匡紀の方が聞きたかった。ちょっといいなと思っていたクラスメイト。その子が、俊哉を好きだと泣いている。高槻俊哉を。

「ぜんぜんだめなら、そう言って欲しい。だって仕方ないもの。……でもさあ、でも、ひどいよ。あたしとだって……したのに」

その言葉を聞いたとたん、匡紀はふらふらっと後ろに下がった。重ねて壁に立てかけられていた折り畳みのパイプ椅子が背中に当たって、ガシャガシャと騒がしい音をたてた。

「……俺、俊哉に会ってくるから」

それだけ言って、後ろも見ないで音楽室から駆け出した。

それまで一度もかけたことのない、俊哉の自室直通の電話に公衆電話からかけた。俊哉はつかまらなかった。家に帰ってからもかけ続けた。ようやくつながったのは夜九時を過ぎてからだった。

『匡紀？　どうしたんだ、ここに電話してくるなんて』

俊哉の声はまったく平静で、それどころか楽しそうですらあった。それが無性に腹が立った。

「今から神社まで来てくれ」

切り口上で叩きつけるように言った。

『え？　今から？』

「待ってるから」

それだけ言って、電話を切った。

匡紀が神社にたどり着いてから十五分ほどして、俊哉はやってきた。いつもどおり、落ち着いた様子で石段を上がってくる。匡紀は立ち上がって、俊哉の目の前に立った。

「何かあったのか？」

月の光でようやく見分けられる俊哉の表情の中には、夜中に急に呼び出された不満は見あたらなかった。

「おまえ、何してるんだよ」

「は？」

「は、じゃないよ」

匡紀はいらいらと拳を握ったり開いたりを繰り返した。

「……おまえいったい、何人の女とつきあってるんだ」

それまでわけがわからないという表情を浮かべていた俊哉の整った顔が、すうっと人形みたいによそよそしいものになった。

「――吉沢佳織か」

吉沢佳織、とフルネームでそっけなく言われたのが、なにか吉沢がモノみたいに扱われたみたいで腹の底がかっと熱くなった。

「おまえとそういう話したことなかったよな。…女の子のこととか。でも俊哉はもてるだろうなって思ってた。おまえが誰とつきあおうと勝手だけど、でも、こんなのは最低だ」

「……」

俊哉は片手をジーンズのポケットにひっかけて、無表情に黙り込んでいた。それから言った。

「あの子が何か言ったのか」

「おまえ、身に覚えあるんだろう」

「……」

「年上っぽい人とキスしてたの見たって。髪の長い、きれいな人だったって」

俊哉はそっぽを向いて、軽く親指の爪を嚙んだ。

「年上……夏見か」

「おまえ」

カッとなって声を荒げた。

「いったい何人女がいるんだ？　吉沢とその女の他にもいるのか。最低だな」

面倒くさくなった、というように俊哉は片手を前髪に突っ込んでくしゃくしゃにかきまわした。

「何か言えよ」

語気を強めると俊哉は乱暴に髪をかき上げて匡紀を見た。責めているのはこっちなのに、思わず怯《ひる》んでしまうような冷ややかな目だった。

「俺は最初から吉沢佳織にあんたのことは何も知らないからって言った。俺のことも知らないだろうって。彼女はだったらわかるように時々会ってくれって言った。好きになってくれなんて言わないからとも」

俊哉は疲れたようなため息をついた。

「だからいいよって言ったんだ。言うこときいてやったんだ。それだけだろ。女はみんなそうだ。いつだってそうだ。言うとおりにしてやってるのに、後になって文句を言う。何も望まないなんて言っておきながら、全部を奪おうとする——」

「吉沢はそんな」

「おまえが知らないだけだ」

何かを思うより先に手が出た。ぱん、と小気味いい音がして、匡紀は驚いて自分の片手を押さえた。手はかすかに震えていた。

俊哉は頬を押さえることもせず、殴られたままに前髪を乱してうつむいている。まるで自分の方が理不尽なことをしたような気分になった。

「……おまえ、吉沢佳織が好きなのか」

うつむいたまま、俊哉が言った。

「何を」

「俺は嫌だったよ。おまえの隣でにこにこ笑って、こんなところにまでずかずか入り込んできて。じゃまだと思った」

「何を言ってるんだ」

「だけどおまえの友達だから冷たくしなかっただけだ。俺は吉沢佳織なんかどうでもいい。大切じゃない。俺はおまえの方が――」

反射的にまた同じ側の頬をひっぱたいていた。やっぱり同じように自分の行動に驚いたけど、今度は手は震えなかった。

「おまえが何を言っているのかわからない」

反撃もしない相手にそう言った。

「しばらく顔を見たくない」

吐き捨てて横を通り過ぎても、俊哉はなんの反応もしなかった。石段を途中まで駆け下りて振り向くと、俊哉はまだ同じ場所で、暗がりの中でひときわ濃い影になって立ちつくしていた。

どうしてずるずると会い続けるんだろうと、時々匡紀は考えた。

それは俊哉が会いに来るからだ。

じゃあどうして自分は俊哉を拒絶しないんだろう。してあたりまえなのに。決して馴れ合ったりできないはずの、高槻の家の息子なのに。

匡紀は俊哉の日常をほとんど知らない。知っているのは、一週間のうちでもほんの数十分間だけ。この神社で、テツと遊んでいる俊哉だけだ。

匡紀とテツといると、俊哉はよく笑った。それほどしゃべるわけではないが、落ち着いてリラックスしているように見えた。匡紀は学校や家庭での俊哉を知らないけれど、なんとなく、あんな笑顔を見せるのは自分の前だけじゃないかと思えた。

あの五年以上前の――桜が咲いている頃だ。よく覚えている。嫌な夢を見たと言って俊哉が真夜中に匡紀の部屋に来た。あの時のあの――震えていた指、崩れそうな目が、匡紀の心の深いところに突き刺さって、抜けないままでいる。突き放せないのはそのせいかもしれない。

夜道を神社から家まで向かいながら、先ほどの会話を思い出した。俊哉はどこか歪んでいる気がした。匡紀が見るかぎり、吉沢はかわいい健気《けなげ》な恋をしているだけだ。それをあんなふうに言うなんて、吉沢のことを好意的に思っていたぶんカッとなった。

俊哉に対して嫉妬《しっと》がないわけじゃない。だけどそこまで思いつめるような恋をしていたわけじゃなかった。他に好きな男がいるのなら、それはそれで仕方がない。ただそれが俊哉じゃなければよかったとは思うけれど。

母親のせいだろうか、とふと思った。過保護で支配的な母親のせいで、俊哉は女性全般に対して心が開けなくなっているのかもしれない。

それにしたって許せるものじゃなかった。吉沢のことをきちんとしない限り、たとえ顔を合わせても相手にしないでいようと匡紀は決めた。

それからしばらくして、俊哉の口からではなく吉沢から、俊哉とは別れたと聞かされた。人気のない廊下の隅で、他につきあっている人がいるんだって、と吉沢は言った。泣きそうな顔をしていたけど、もう泣かなかった。匡紀は何も言えなかった。

俊哉はあれ以来一度も神社に現れない。顔を見たくないと言ったのを律儀に守っているらしかった。母親が「俊哉くん、最近来ないわね」と気にしていたが、匡紀は適当に言いつくろっていた。

こちらから連絡をする義理はない。このまま自然消滅するなら、それが本来のかたちのような気がした。そこまで考えて、自然消滅だって、と匡紀は笑いそうになった。それじゃあまるで恋人同士みたいだ。

そんな頃に、テツの様子がおかしくなった。食欲がなく、元気もない。匡紀は朝方餌《えさ》をやっていてテツがあまり食べないのを見て、学校から帰ってもこの様子なら一度病院に連れていこうと決めた。気もそぞろに授業を受けて、飛んで帰ると居間に置き手紙があった。テツが食事を吐いた後ぐったりして動かないので病院に連れていく、という母親の手紙だった。

匡紀は自転車を全力疾走させてかかりつけの動物病院に急いだ。子犬の頃からテツを診てくれている獣医師は、真剣な顔で、消化機能も呼吸機能もかなり弱っている、今夜は入院させる、と匡紀に告げた。そうしてその夜のうちに急変して、匡紀が看取《みと》ることなく、テツは死んだ。

匡紀は声をあげて泣いた。高校生にもなって、とは思わなかった。テツは匡紀が三歳の時に、知り合いのところに生まれたのをもらってきた。なんの血統書もついていないただの雑種だった。家に来た頃は子供の匡紀の両手でも余るくらいに小さかった。いつも匡紀の後をついてまわって、どれだけ叱《しか》っても匡紀の布団にもぐり込んできた。

テツの体は専門の業者で火葬にしてもらい、そうしてその灰を首輪と一緒に庭に埋めた。大きな石を拾ってきて塚を作った。匡紀は居間から庭に出る掃き出し窓のへりに腰かけて、テツの墓を見ながらぼんやり過ごすことが多くなった。

ある日、テツの墓前に小さな花束が置かれているのに気づいた。テツの墓には母親が時おり庭で咲いた花を供えているが、その花束は明らかに花屋で買ったものだった。母親に訊くと、俊哉が来たのだという。匡紀が出かけている間のことだった。

「俊哉に連絡したの？」

「そうよ」

「どうして」

「どうしてって、だってあんなにテツのことかわいがってくれてたじゃない。テツだってなついてたわ。来てもらわないとテツが寂しがるわよ」

テツが寂しがると言われると何も言えなくなった。たしかに、連絡しなかった自分の方が心が狭いのかもしれない。だけど匡紀の留守の間に来るところからして、俊哉もまだ気にしているらしかった。

俊哉に会わない間に、考えたくもないのに何度も俊哉のことを考えた。切れ長の目が印象的な、きれいに隙なく整った顔。匡紀の母親に似た、それよりも母親から愛する男を奪った女に似た顔。その顔が笑うところも、泣くところも見た。彼は自分にとってなんなんだろう。答えは出なかった。もういい、と思った。もう何もかも面倒くさい。

父親の書斎に呼ばれた時、俊哉はひどく警戒していた。話があるなんてろくなもんじゃない。無視してもよかったが、匡紀の母親のことだと言われて足が向いた。二人にはもう二ヶ月以上会っていない。最後に会ったのは十月で、まだコートのいらない頃だった。今はもう街中クリスマスカラー一色だ。

「志乃が入院してるんだ」

開口一番言われたセリフに、俊哉は絶句した。

「彼女も佐和と同じで心臓が弱いから…。風邪から細菌性の心内膜炎を起こしたらしい」

「…うちの病院に?」

「いや、それは…」

「あんたまた」

「違う。匡紀が嫌がったんだ。それで大学病院に紹介状を書いた。私の後輩が主治医になっている。うちよりも設備はいいぞ」

父親は眉間《みけん》を押さえて深いため息をついた。

「…それで容態は」

「芳しくない」

芳しくない、だと？　いつまで気取ってりゃ気がすむんだ。

怒鳴りかけたが、この男相手にそんなことをするだけ無駄だと思いやめた。乱暴にドアを開けた時、思いついて振り返った。

「あんたは結局誰のことも幸せにできなかったんだ」

父親は机に片手をついて、もう片方の手で額を覆っていた。なんだか俊哉の知っている父親よりも、がっくりと老け込んだように見えた。

「…そのとおりかもしれんな」

軽蔑した視線を投げて俊哉はドアを閉めた。

父親の出身大学とはつまり、俊哉が現在付属高校に通っている大学だ。翌日、そこの医学部付属病院に、授業を終えた俊哉は真っ先に駆けつけた。

受付で教えられた個室をノックすると、やや間があってから「はい」と返事があった。匡紀の声だった。

中に入ると、ベッドの傍らに制服の上にダッフルコートを着たままの匡紀が座っていた。俊哉を見て驚いたように目を見開いたが、何も訊いてこなかった。

見舞いの花束をサイドボックスの上に置いて、俊哉はベッドに目をやった。匡紀の母親の志乃は目を閉じて、深い呼吸をしている。

「…眠っているのか？」

「うん…」

匡紀は母親を見ながら上の空みたいに答えた。目の下に隈《くま》が浮いていて、少し痩《や》せたようだった。

「…おまえ、大丈夫か？」

聞こえなかったかと思うほどひどくタイミングをはずして、匡紀は「え？」と顔を上げた。

「すごく疲れてるみたいだ」

「ああ…」

返答がわりの長い息を吐いてから、匡紀は乱れてもいない母親のシーツを直すしぐさをした。

また沈黙が続く。俊哉はただ黙って匡紀の横に立っていた。

「……花を」

ふっと匡紀が俊哉を見上げる。

「え?」

「花をありがとう。……テツにも」

「いや…」

思い出したようにそれだけ言うと、匡紀はまた視線を落として、何も見ていないような目をぼんやりとベッドの中の母親に向けた。

「匡紀、あのさ…」

母親が入院している間だけでもうちへ来たらどうだ、そんな用意していた言葉を言おうとしたら、力ない匡紀の言葉が遮った。

「——母さんまで…」

「え?」

「母さんまでいなくなったら、俺はひとりだ」

そんなことはない、とは俊哉には言えなかった。俊哉は「奪った側」の人間だ。

「……っ……」

無理に抑え込んだ、むせぶような声がした。匡紀が泣いている。声もなく、肩を震わせて。

俊哉には何も言えなかった。さわることもできなかった。血はこんなに近いのに、五十センチの距離はどうしようもなく遠かった。


俊哉はほぼ毎日のように匡紀の母親の見舞いに訪れた。匡紀も欠かさず来ていた。志乃は目が覚めていれば俊哉を歓迎してくれて、無理のない範囲で話もしたが、顔色は悪いままで見るたび細くなっていった。砂時計の砂のように、少しずつ、生気がこぼれていくのを目の前で見ているみたいだった。俊哉の目から見ても彼女が回復に向かってはいないことは明らかだった。

だから匡紀とは病状の話は何もできなかった。それどころか母親と俊哉が笑っていても、匡紀はぼんやりと見ているだけだった。俊哉が話しかけても、いつも生返事しか返ってこなかった。

そんな状態が二週間ほど続いた。俊哉の部屋の電話が鳴ったのは、今年一番の冷え込みになるだろうとニュースキャスターの言った、吐く息も凍るような朝のことだった。

その日は日曜日で、俊哉はまだベッドの中にいた。ふだんだったら寝ている時に鳴る電話なんて面倒で取らないが、その時はなんとなく手が伸びた。電話が悲鳴をあげているような気がしたのだ。

受話器はベッドの中から手を伸ばして取れる位置にある。乱れた髪をかきまわしながら、俊哉は目を閉じたまま受話器を耳にあてた。

「はい…」

『……』

「もしもし？　誰？」

相手の声がよく聞こえない。寝ているところを起こされた不機嫌さも手伝って、俊哉はぶっきらぼうな声を出した。

電話線の向こうからはざわざわした周辺の音が底の方にこもるように聞こえてくる。どこか、人の多い建物の中からかけている感じだった。だけど受話器を握っているはずの相手の声はしない。時計を見ると、九時を回っていた。

「誰だよ。間違いなら切るぞ」

そう言って、本当に受話器を耳から離そうとした時、すうっと底の雑音から浮かび上がってくるように声が届いた。

『――俊哉』

驚くほど鮮明に、まるですぐそこで囁いているみたいに、匡紀の声がした。

『俊哉。今から母さんが死ぬんだ』

声はそう言った。俊哉は息を呑んでもう一度受話器を耳に押しつけた。

「なん……何言ってんだよ、おまえ。今からって……」

『わかるんだ』

匡紀の声は感情のない機械みたいだった。

『俊哉。来てくれないか』

乾いた機械の声が言った。

『母さんが会いたがっている』


大学病院は日曜なのにたくさんの人が働いていた。匡紀の母親は集中治療室に入れられていて、俊哉と匡紀は入室前に滅菌服を着せられた。志乃の頬は真っ白で艶《つや》がなく、出来損ないの人形の肌みたいだった。志乃は口をマスクで覆われていたが、俊哉を見るとそれをはずしてくれと身振りで訴えた。

「五分だけです」

医師の声に、志乃はかすかに頷いた。

「俊哉くん」

匡紀の母親はかろうじて笑みに見えるようなものを作った。匡紀はベッドから離れて、ドア脇に立ってうつむいている。

「あなたに……伝えておきたいことがあるの。佐和が……言えなかったことを。佐和のかわりに」

その目を見て、俊哉はなんだか怖くなった。静かな静かな、明かりの消えた窓のような目。

「おんなじ顔だからいいわよね。あなたのお母さんだと思って聞いてちょうだい」

にこりと志乃は笑った。

「――幸せになって」

言われた言葉の意味をとっさにつかめなくて、俊哉はとまどって志乃を見つめた。

「お願いだから……幸せになってね」

母親よりもずっと優しい顔で、母親みたいな声で、志乃はそう言った。その後、はたりと目を閉じた。


匡紀と俊哉の二人は廊下に追い出された。匡紀はその間何も話さず、ふらふらと長椅子に近づいて崩れ落ちるように座ると、まったく身じろぎしなくなった。間を空けて俊哉が隣に座っても反応はなかったが、しばらくしてからぽつりと言った。

「――昔近所に一人暮らしのおじいさんがいて」

「……なんだって?」

いきなり話し出されて、しかも話の内容と今の状況の関連がわからなくて、俊哉は眉を寄せて振り返った。

「真っ白な猫を飼ってて、いつもにこにこ笑ってた。優しくて、俺、大好きだった。すごくなついてた」

言葉の内容にそぐわない一本調子で匡紀は続けた。

「でもある日遊びに言ったらおじいちゃんがいなくなってて……入院したっていうんだ。それで俺、母さんに連れてってもらって、病院にお見舞いに行って」

俊哉は黙って聞いていた。匡紀の口調は俊哉に話しかけているというよりも、何かを読み上げているみたいだった。

「おじいちゃんはにこにこして嬉しそうに迎えてくれたけど、家族の人は誰もいなかった。……後で近所の人の噂話で聞いたんだけど、おじいちゃん、息子さんがひとりいるんだけど、もうずっと音信不通なんだって。昔ひどい諍《いさか》いをして、息子さんは勘当されて家を出ていったって。おじいちゃん、昔はすごく厳格な人だったみたいなんだ。俺の知ってるおじいちゃんからは想像もつかなかったんだけど。奥さんはずっと昔に亡くなってて、兄弟はみんな戦死して、孫を抱いたこともない。……おじいちゃんは、後悔していたのかもしれない。本当は、すごく寂しかったんだ、きっと」

匡紀はビニール張りの長椅子の背もたれに体を預けて、どこともいえない空間を見ていた。

「……お見舞いに行った時、俺、おじいちゃんと二人で病院の屋上に上がった。その時おじいちゃんが言ったんだ。じいちゃんはもうすぐ死ぬんだ、って」

まったく声の調子を変えずに、俊哉の方を見ずに、淡々と匡紀は続ける。

「今から思えば、おじいちゃん、癌《がん》にかかってたんだ。告知はされてなかったみたいで、でもおじいちゃんは自分が癌だって知ってた。もう家には帰れないだろうって」

二人が座っている廊下を時おり白衣の人間が急ぎ足で通り過ぎていく。誰も二人の方は見向きもしなかった。

「誰にも言えない。一緒に苦しんでくれる家族もない。医者や看護婦は本当のことを言わない。だからおじいちゃんは、まだなんにもわからない子供の俺に言ったんだ。これから死ぬって」

匡紀はゆっくりと目を閉じた。

「俺、おじいちゃんの目を見て、そうかって思った。悲しかったけど、そうかって納得した。これから死ぬんだなって。そういう目だった」

匡紀は目を開けて、今自分の母親が入っている集中治療室に続くドアを見つめた。

「……母さんと同じだ」

白いベッドに横たわって、ひっそりと自分に微笑みかけた人の顔を俊哉は思い浮かべた。目の底に深い静かな絶望があって——それが少しずつ、少しずつ、長い年月をかけて海岸線を削る波みたいに、心を浸食していった人の目。

「死にたがっている自殺者の目とは違う。死に怯える目とも違う。何にも抗《あらが》わず何とも闘わず、ただ静かに生きることをやめようとしている人の目だ。これから一本一本、自分と世界とをつなぐ糸を切っていこうとしている人の目だ」

匡紀はふらりと立ち上がって、集中治療室に続くドアまで行き、そこに片手をあてた。

「母さん、疲れちゃったんだよ。もう全部終わりにしたいんだ。やめにしたいんだよ——」

ドアに置かれた手が拳になって震えていた。押さえていたたがが外れたみたいに、声は不安定に高く大きくなっていった。

「ずっと思っていた。俊哉が初めてうちに来た日から——そんなこと考えるなって思いながら、でも消せなかった」

匡紀は俊哉を振り返って、強く強く睨みつけた。

「母さんは佐和さんになりたかったんだ。母さんは俊哉を産みたかった。父さんに愛されて、みんなに祝福されて、高槻の家で大事にされて幸せになれる子供を」

睨みつけた瞳のまま、匡紀の意思には反するように涙が一筋流れ落ちた。

「母さんが欲しかった子供は俺じゃない——」

こんなに悲しい声は聞いたことがない。

匡紀の目を見ながら、流れる涙を見ながら、俊哉は身じろぎもできないでいた。身も世もなく泣いている匡紀に、自分は一歩も近づけない。

「……やっぱり憎んでるんだな」

ようやくそれだけ言った。

「——憎んでいるかだって?」

絶え間なく両目から涙を流しながら、匡紀は俊哉を睨みつける。涙を拭うことなんか思いもつかないみたいに。

「あたりまえだろう！　憎んでいないとでも思ってたのか？」

両手を上げて、匡紀は自分の髪をくしゃくしゃにかきまわした。

「母さんから何もかも奪って、そのくせ何も与えず、母さんの人生も俺の人生もめちゃくちゃにして――」

髪をかきまわした手で、匡紀は顔を覆った。その手の間から、搾《しぼ》り出すように俊哉に言葉を叩きつけた。

「俺は高槻を一生許さない！」


たとえばこんなふうに拒絶されることを、まったく思ってもみなかったわけじゃない。そもそも最初からおかしかった。一緒にいられるような関係じゃなかった。そんなこと、ちゃんとわかっていた。

だけどあの日に手を――

手を握ってくれたから。

あの手の暖かさを覚えている。苦しいほど胸にあふれたものを覚えている。あの日に降っていた桜の色や、音もない雨の気配まで。

だけどもうだめだ。壊れてしまった。跡形もなく、最初からなかったみたいに。最初から間違っていた。自分はこんなふうに匡紀に関わっちゃいけなかった。踏み違えたのは自分だ。苦しませるだけなのに。

こんな感情はあってはいけない。殺さなければいけない。ちゃんとわかっていたのに、それなのに優柔不断にずるずると——そこまで考えて俊哉は笑いそうになった。なんだ、親父と同じじゃないか。あんなに軽蔑している親父と、俺は同じことをしている。

常に祭りみたいに混雑している繁華街を、ふらふらと俊哉は歩いた。途中何度も何度も人にぶつかった。誰も軽く何かを言うだけで、さして俊哉には関心を払わずに歩き過ぎていった。浮かれた、騒がしい無関心な街が逆にありがたかった。

もうやめよう、と思った。こんな意味のないことは。自分から断ち切れば、きっと匡紀は追ってはこない。初めからそういう一方通行の関係だったのだ。欲しがってばかりいたのは自分の方だ。

それでもやっぱり寂しかった。会えなくなると思うと、身がひきちぎられるように痛んだ。やっと手に入れた優しい場所。あの手は、最初から自分のものではなかったのだ。

葬儀は死者のためではなく、残された者のための儀式だと言う人がいる。雑事に取り紛れて悲しみを脇に置いておけるからと。

少なくとも、自分の場合はそれはあてはまらないなと匡紀は思った。喪主は自分に違いないが、葬儀社の人間と父親がよこした人間とがすべてを取り仕切っていて、自分は座っているだけで何もやることがなかったからだ。

母親は、入院してから三週間を待たずに死亡した。最終的な死因は心内膜炎から冠動脈塞栓による心筋梗塞を起こしたからだった。

葬儀には父親も腹違いの兄弟の俊哉も来ていた。制服姿の俊哉は父親の数歩後ろをうつむいて歩いていた。匡紀を見て何か言いたげに顎を上げたが、結局何も言わなかった。

繰り上げ法要を終えた後、遺産の整理をしていて匡紀は驚いた。かなりまとまった額の貯蓄が残されている。母親は匡紀の将来に不自由がないようにと、本気で心を砕いていたのだ。大学なんて二、三回行ってもお釣りがくるくらいだった。それを知った時、もう枯れ果てたと思っていた涙がまた流れた。

十八歳に達していたのでひとりで生きていくことに法的な問題はなかった。血のつながりだけで戸籍上は他人の父親はさらに手厚い援助を申し出てきたが、思い出のある家さえ守れれば後は何もいらないと思った。他に守るものなんて何もない。

ひとりの家で、母親もテツもいない家で、匡紀は受験勉強に没頭した。医大に進学するつもりだった。それを決心させたそもそもの理由だった病気がちの母親はいなくなってしまったが、今さら他になりたいものがあるわけでもない。没頭できるものがあるのがありがたかった。顔色が悪い、痩せたと心配してくれるクラスメイトに大丈夫だと笑い返しながら、匡紀は寝食も忘れて机に向かった。新しい年はすぐそこまで来ていたが、そんなものを祝う気持ちは毛頭なかった。

隣のベッドの入院患者が鳴らしているラジオのニュースを、俊哉は聞くともなしに聞いていた。新年早々記録的な厳冬で、東京も積雪に埋もれた日が何度もあった。電車が止まったり積雪で電線が切れたりするたびに、テレビもラジオも新聞も馬鹿のひとつ覚えみたいに「脆弱《ぜいじやく》な都市機能」と繰り返した。雪は降っては道の端に黒い汚い塊として寄せられ、その上に隠すようにまた白い雪が降った。

なんの目的でそこを歩いていたのか、最初に目が覚めた時は思い出せなかった。俊哉が覚えているのは、通りの向こうに匡紀に似た人を見たような気がしたことだった。人波に紛れて消えてしまったその姿を目で探していたら、自分の周りにいた人ごみがいつのまにか消えていた。そこにクラクションが機関銃掃射のように飛んできて、俊哉の意識は割れた。何か強い衝撃を体に受けたような気がした時には、意識は砕けて粉々になった。

目が覚めた場所は病院で、白い天井、白い壁、白いベッドにああ病院だなと無感動に思った。そこで、自分は横断歩道を赤信号で渡っていて車に轢《ひ》かれたのだと医師に説明された。道路の状態が悪く、ブレーキがうまく利かなかったらしい。肋骨に罅《ひび》が入っているが、内臓に損傷はない、ただ頭を強く打っているので精密検査が必要だ、と医師は告げた。どうでもいいと思った。あまり自分の体のことに興味は湧かなかった。

看護婦に車椅子を押されて検査室をたらいまわしにされた。その検査結果が出て、問題ないと判断された後、病院を移された。父親の経営する病院だった。

どのみち大学は推薦で決まっているし、三年生はあまり学校に行かなくてもいい時期だった。せっかくだからゆっくり休め、と父親は俊哉に告げた。もともとあまり子供に干渉しない人だったが、妻も愛人も亡くした後、それに拍車がかかっている感じだった。

俊哉は一日のほとんどをベッドの上で本を読んで過ごした。命に別状のない整形外科の病棟の患者はおおむね暇をもてあましていて、大部屋に入れられた俊哉は何くれとなくかまわれたが、相手にしないでいるうちに愛想が悪いとレッテルを貼られた。それでよかった。誰とも話したくなんかなかった。

夏見が病室にやってきたのは、手持ちの本を読みつくしてしまってぼんやりと窓の向こうを眺めている時だった。夏見は俊哉の趣味に合いそうな本を山のように持ってきてくれた。大学生の俊哉のところに美人で隙のないキャリアファッションの夏見が現れたものだから、大部屋の入院患者はがぜん興味をかきたてられたようだったが、夏見はさっさと俊哉のベッドの周りのカーテンを引いて視線を遮ってしまった。

「どうしてあんたがここに来るんだって顔してるわね。お忘れのようだから言っとくけど、あんたはあたしと待ち合わせしてたのよ」

最初から夏見は喧嘩《けんか》ごしの口調だった。他人が見れば怒っていると思っただろう。

「…そういえばそうだっけ」

ベッドに半身を起こした俊哉は曖昧に頷いた。

「あらよかった。記憶喪失になったわけじゃないのね。で、カフェの窓際の席であんたを待ってたら、横断歩道の向こうに見えたから手を振ったんだけど、あんたぼーっとして気づかないわけよ。振った手の行き場がないじゃないのと憤慨してたら、あんたときたら赤信号なのにぼけーっと立ち止まってるわけ。肝が冷えたわよ」

「……悪い」

がんがんとたたみかけてくる口調に、やっと一言だけ口にした。

「言っとくけど、あたしの心臓だって鉄でできてるわけじゃないのよ。目の前で事故られた日にはあんた――」

夏見の声が微妙に震え出した。雑誌のメイク特集のお手本並みの完璧なアイラインで縁取られた目の、その茶色がかった瞳の表面が揺れるのを見て、俊哉はさすがにまずいと思った。が、そこで泣き崩れないのが夏見である。何度か瞬きして涙をひっ込めたかと思うと、打って変わった悪女のような顔でにやっと笑った。

「それにしてもさ、初期治療と精密検査が終わったらいきなり病院移すっていうから何事かと思ったら、あんたったらこんな大病院のお坊ちゃまだったのね」

「お坊ちゃまは勘弁してくれよ」

「ああら、正真正銘のお坊ちゃまじゃないの。しまったわ。本性隠して玉《たま》の輿《こし》狙《ねら》えばよかった」

　まるで本気じゃなさそうな言い方だった。

「夏見は男の興なんかわざわざ乗らなくたって女王様だよ。かっこいいから」

「……かっわいいこと言うじゃないの。キスさせなさいよ」

　夏見は俊哉の上に身体をかぶせてくる。カーテン一枚越しに他人が聞き耳を立てているということも、どうでもいいらしかった。

　長い長いキスをする。これまでしたキスの中で一番長いんじゃないかと俊哉は思った。

　夏見は妙に優しくて、舌をからめるよりも重ねるだけのキスを何度も繰り返した。指が俊哉の髪を梳《す》くように動く。まるで病気の子供をなでている母親みたいな手の動きだった。

「……初めて渋谷であんたを見た時、あんたはガードレールに座って通行人を見ていた」

　唇を離した後、鼻先に顔を近づけたまま夏見は言った。これまで見たこともないような優しい顔で微笑っていた。

「あたしにはあんたが誰かを待っているみたいに見えた。だけどあんたは待ち合わせじゃないって言ったわよね」

　ああ別れるつもりなのかなと俊哉は直感的に思った。別れようと決めると、女はみんなむやみに優しくなる。

「ねえ。あんたは誰を待ってるの？」

　夏見は俊哉の唇を軽く指でなぞった。

「マサキっていう人？」

俊哉は目を見開いた。

「……なんで」

「んふふ」

女優のように艶然と夏見は笑った。

「ねえ。欲しいものを探しなさいよ。それがあるならつかんで離さないで。相手の迷惑を考えるのは後からでいいのよ。後悔なんかしてあたりまえなんだから、後になってからしなさいよ。あんたまだ若いんだから」

「……そういう、世間の常識から外れたことを青少年に……」

「あぁら。あたしだって健全な青少年にこんなこと言わないわよ。あんたがいつまともな青少年だったのか教えて欲しいもんだわね」

ぐいっと肩をそびやかして夏見は笑った。

「じゃあ、仕事あるからあたしもう行くわ。退院祝い考えといて。ああ、卒業祝いの方がいいかしら。お姉さんがなんでもリクエスト聞いたげるわよ」

「お姉さんね」

夏見は恋人関係を解消しようとしているらしかった。もともと互いに恋はしていなかったけど。

「じゃあね。バイバイ」

完璧な笑顔を残して、大部屋中の視線を背中に集めながら夏見は悠然と帰っていった。その後ろ姿を見送りながら、そういえばどうして匡紀の名前を知っているのかを聞き忘れたなと俊哉は思った。


電話は大学の合格発表の翌日にかかってきた。第一志望の医大に合格して気が抜けて、匡紀は何もやる気にならずぼんやりと雪の積もった小さな庭を見ていた。母親が死んでから荒れ放題の庭は、見ているると寂しくなる。いつまでも鳴り響く呼び出し音にうっとうしいなと思いながら、匡紀は重い腰を上げた。

「——はい。藤です」

相手が話し出すまで一呼吸分の間があった。

『…藤、さん？』

女性の声だった。

『そちらにマサキさんという方はいらっしゃいます？』

とても響きのいい、はきはきとした若い声だった。

「匡紀は僕ですが」

『あら、大当たり』

一段トーンが上がった声が返ってきた。

「…あの？」

『あら失礼』

女の声はしゃらっと謝った。それから言った。

『あなた、高槻俊哉を知ってるわよね』

「――」

絶句した匡紀にはかまわず、女の声は続ける。

『事故に遭ったのよ。今入院してるの。高槻総合病院に』

「えっ…」

俊哉とは、母親の病態が悪化した時以来言葉を交わしていない。葬儀で顔は見たが視線も合わせなかった。

「…大きな怪我をしたんですか」

『頭を強く打って、意識不明の重体』

「え――」

女の声は匡紀の耳を平手のように打った。

『会いに行ってあげて』

騒ぐ胸を匡紀は必死で落ち着かせた。

「……あなた、誰ですか」

『あら、あたしのことはどうでもいいのよ』

「いきなりこんな電話をかけてきて…」

『あたしね、事故の現場にいたのよ。だから救急車にも一緒に乗ったの。その時俊哉が呼んだのよ。マサキ、って。それでね、あたしあいつの手帳勝手に調べたの。ひとつだけ名前の書いていない番号があった。それがこの番号ってわけ』

「……」

『よけいなおせっかいかもしれないけど、あなたに会いたいんじゃないかしら。行ってあげてよ』

「……会いに行く理由がありません」

女は受話器の向こうでため息をついたらしかった。

『あたしは事情を知らないからなんとも言えないけど、あいつ明日にでも死ぬかもしれないわよ。それでいいんなら勝手にして』

言いたいだけ言って、ぶしつけな電話は無遠慮に切れた。匡紀は混乱してわけがわからなくて、通信音だけをむなしく響かせている受話器を力まかせに叩きつけた。


整形外科の大部屋で、しかも俊哉の体には点滴すらつけられていない。部屋付きのナースに肋骨損傷だと聞かされて、匡紀はため息をついた。

(何が明日死ぬかもだ…)

電話を切ってから、まさかと万が一という思いを交互に繰り返していたが、すっかり騙されたみたいだった。

白い清潔なシーツの上に横たわった体は、匡紀が横に立って見下ろしても微動だにしない。窓際のベッドだったので少しだけ開いている窓から冷たい風が入ってきて、横たわる俊哉の髪を揺らした。

匡紀は音をたてないようにそっと枕元の椅子に座った。半分血のつながった同い年の弟は、のけぞるように仰向いてなめらかな喉《のど》をさらしている。浮き上がった筋肉と血管。きれいな陶器のような喉。

誘っているみたいだ、と思う。

そんなに長くはかからない。ほんの数分だ。

そうしたらあの人は泣くかな。優柔不断で卑怯《ひきょう》なあの人は。ずっと母を苦しめて、苦しいまま死なせた人は。

(……ろしていいよ、って)

両手を添えて力をこめて。

そうっと手のひらを這わせてみた。べつに本気で締めようと思ったわけじゃない。感触を楽しんでいる気分だった。俊哉の命は今、俺の手の中にある。

「……イイヨ」

ふいに俊哉が声を出した。喉元に触れている指先に声帯の振動がダイレクトに伝わって、びくっと指が浮いた。俊哉が目を閉じたまま言った。

「匡紀は俺に何したっていいんだぜ」

手を離した。たまらなく悲しくなった。どうして悲しくなるのかは、よくわからなかった。

「……おまえ、ずるいよ」

目を開けた俊哉に言った。母親が最後に彼に伝えた言葉を思い出して。

「どうしてもっと簡単に幸せになってくれないんだよ。条件は揃《そろ》ってるはずだろう？　俺の手の届かないところで幸せになって、高みで笑って——そうしてくれれば、俺は心おきなくおまえを憎めるのに。高槻を憎めるのに」

遠くで幸せになってくれればおまえを憎めるのに。

憎んで楽になれるのに。

「おまえ、優しくないよ。少しは俺に憎ませろよ」

「……いいって言っただろ。おまえは俺に何してもいいんだって。憎めよ」

「よく言う…」

匡紀は苦く笑った。

「じゃあ呼ぶなよ」

「呼んでない」

「嘘つけ。怪我なんかして…」

白い包帯。少し削《そ》げたような気のする頬。

重体だと聞かされた時は、心臓をつかまれたようだった。もう会わない、関係ないと決めたのに、まさかと考えると気が狂いそうになった。母親が死んでから初めて、感情が音をたてて動いた。

あの綺麗な切れ長の目。寂しがる指。

(匡紀、お願いだから手を)

手を握っていてくれ——

「側に行くとだめなんだよ。憎めなくなる。おまえは俺をいつもいつも」

その目で呼んで両手を広げて。

「これ以上何が欲しいんだ? 俺は最初から、おまえにあげられるものなんか何もないのに」

遠くで笑っていてくれ。

近くで寂しがらないでくれ。

手を伸ばしたくなるから——

「卑怯だよ」

匡紀の言葉を黙って聞いていた俊哉は、初めて薄く笑った。

「……だって、手に入らないからさ」

「何が」

答えずに目を閉じる。

「……一番欲しいものは、いつも手に入らないんだ。いつだってそうだ」

どうしてこの男はこんなに寂しそうなんだろう。

どうして自分は離れられないんだろう。引き寄せられるんだろう。

俊哉がいなければ、自分の側にいなければ、こんな苦しさは存在しないはずだった。少なくとも、それまでの自分は自分の立場とそれで生まれる感情を、ちゃんと自分で理解して分類して処理できた。だけどこの苦しさは知らない。でも知らなくていい。なんなのかなんて、知りたくもない。きれいに消して会う前の自分に戻れたら、どんなにすっきりするだろう。

「──俺に会わない方がよかったか？　あの日、俺が会いに行ったりしなければ」

目を閉じたまま俊哉が言う。まるで匡紀の心を読んでいるみたいに。

「その方が楽だったろうな。俺はずっと、俊哉を知らずに俊哉を憎んでいられた」

だけどもうだめだ。

「……なに、泣いてんだよ」

俊哉が目を開ける。切れ長の目が逃げられない匡紀を捕まえる。ゆっくりと腕を上げた。何をするつもりなのかと思ったら、それはそうっと頬に触れて、知らずに流れていた涙をすくった。

「──俊哉。おまえはまるで目隠しをして崖《がけ》っぷちを歩いているみたいだ」

目を閉じてそう言った。とてもとても、心が苦しい。

「手を握ってやりたくなるよ……」

3

あまり設備がいいとは言えない小劇場は、それでも満員の客が入っていた。チケットは完売している。雛壇《ひなだん》になっている座りごこちの悪い安っぽい椅子の上で、客は舞台の幕が上がるのを待っている。おおむね若い人間が多かった。ラフな服装もあれば、仕事帰りのようなスーツも見える。男女は半々。その客席の一番後ろ、通路に特別に出してもらった折り畳みの椅子に座って、匡紀はゆっくりと足を組んだ。ずり落ちてもいない眼鏡を癖で指で押し上げる。ここ数年でぐっと視力が落ちてしまった。

開演前のざわめきも、客席のライトが落ちるのに呼応してすうっと消える。幕が音もなく上がっていく。その場の全員の目が、一点に集中する。

舞台の上には、灯りのついたクラシカルな街灯と色づきかけた街路樹。すっかり夜は更けた様子だ。人通りはない。舞台の袖《そで》の方から、複数の人間が歩いてくる靴音がする。

『ふん。いいかげん腹だって立つさ。まさか君が一部始終を知っていたとはね』

『言いがかりもいいところだ。君は人の話を聴く気がないのか』

現れたのはスーツ姿の二人の男。ひとりが街路樹にもたれかかって肩をすくめる。

『君はあいつを憎んでいたんじゃないのか』

『ああもちろん、憎んでいるさ』

隣に立ち止まって軽く腕を開いた男の方が俊哉だ。ビジネスマン風の三つ揃いが、この上なく似合っている。

『こう言ってはなんだが、俺の値打ちは俺が一番よく知っている。どう転んだって…』

もう何度も繰り返し観て、筋書きを暗記してしまっている舞台に、それでも匡紀は瞬時に引き込まれていった。

劇団『無窓舎《むそうしゃ》』の舞台。今はまだキャパ三百に満たない小劇場が中心だが、チケットは団員が売りさばかなくても発売すれば必ず完売する。派手な宣伝はしなくても、口コミで舞台ごとに確実に客は増えていた。

匡紀の同い年の腹違いの弟、高槻俊哉はここの主宰者だった。役者だけでなく演出も脚本も手がけるマルチぶりで、この舞台でも主役と脚本を務めている。

そもそも匡紀が医大に進学し、俊哉も付属の高校からエスカレーターで医学部に進学した頃は、匡紀はまさか俊哉がこんな道に進むとは思っていなかった。なにしろ俊哉は高槻総合病院の総領息子で、期待の跡取りだったのだ。病院の院長である俊哉の父親は匡紀の父親でもあるが、認知はされていないので匡紀は籍に入っていない。

その父親が、彼らが大学四年になる頃に突然死した。脳溢血《のういっけつ》だった。あまりに急なことで遺書もなく、俊哉の母親は亡くなっていたため、俊哉はいきなり病院と高槻家の資産の大部分を継ぐことになった。

その時のことを思い出すと、匡紀は今でも苦笑してしまう。俊哉は、巨万とまではいかなくても充分甚大な遺産を、あっさり匡紀にくれてやると言い出したのだ。そんなことをしたら親戚連中が黙っていないだろう。俊哉が愛人の息子という立場の匡紀に負い目を感じているらしいことは知っていたし、彼が父親やその病院を疎ましく思っていたことも知っていたが、それでもぽんと投げてよこすには高槻の資産は重すぎる。もとより高槻総合病院を乗っ取ろうなどと考えてもいなかった匡紀は、慌てて俊哉を説得した。その時に、もともと医者という仕事に興味のなかった俊哉が医学部に進んだのは、そうすれば病院の重要なポストを将来匡紀にやると父親が約束したからだと知って、匡紀は呆れた。

　俊哉には、どうも自分が持っているものの価値をわかっていないところがある。資産だけじゃない。エスカレーターとはいえ、あっさり推薦で医学部に入学できてしまう頭の出来や、笑えばたいていの女は落ちてしまう整った容姿や。いや、わかっていないわけじゃなく、どうでもいいと思っているんだろう。だから要《い》らないものみたいに簡単に捨てられるのだ。

　そんな俊哉を、羨ましいと思ってきた。自分が持っていないものをすべて持っている俊哉を、憎たらしい嫌な存在だと思ってきた。だけど初めて会った時から十年以上たった今でも、匡紀は俊哉の側から離れられないでいる。

　どうしてだろうと、ずっと考えてきた。考え続けてきて——答えはいまだに出ない。

　匡紀が遺産を受け取るのを拒否すると、俊哉は高槻総合病院をあっさり手放してしまった。同時になんの未練もなく大学もやめてしまった。そして、ちょっと遊んでくると言って日本から姿を消し、一年後に戻ってきて劇団を立ち上げた。

俊哉が大学で学生劇団に籍を置いていたのは知っていたが、そこまでするとは思っていなかった匡紀は驚いた。だいたい演劇を始めたきっかけからして、たまたま誘われて暇つぶしにという程度のものだったようだし、それまで俊哉は演劇などというものになんの興味も持っていなかった。それが始めてみると妙に性が合ったのか、ずいぶん力を入れていたようだった。

もともと俊哉は身長もあって舞台映えのする顔立ちをしている。声も低いがよく通る。だけど、それだけではない何かがあったらしく、俊哉が舞台に上がるようになると、それまであまりパッとしなかったN大の劇団はにわかに注目されるようになった。文化祭の舞台で外部の人間にも顔と名前が知られるようになると、わざわざ彼を観に来る人間が出るようになった。そのうち外の劇団からゲスト出演を頼まれるようになり、テレビや映画からも声がかかるようになった。

だけど、俊哉はほかの劇団の舞台はともかく、テレビや映画にはなんの興味も示さなかった。

「俺、映像に興味ないから」

俊哉がそう言うのを何度も聞いている。そのたびに、他の団員たちはもったいないと大騒ぎしていた。だから俊哉はプロになるつもりはないんだろうと、そう匡紀は思っていた。またいつものあれだ。持っているけど使わない。自分の才能になんて興味はない。

俊哉が劇団を作って——そもそもいなくなっていた間は、遊んでいたわけじゃなくニューヨークで演劇の勉強をしていたんだと知った時、匡紀は俊哉も夢中になれるものを見つけたんだと喜んだ。同時に、少し怖くもあった。情熱さえ手に入れれば、きっと俊哉は無敵になるだろう。

その予想は当たった。何もないところから始めた劇団は、初めはライブハウス並みの小さな舞台で、役者もセットも揃わずに俊哉は一人芝居を演じたりしていたが、その俊哉に惹かれたのか徐々に団員も増え、形も整い定期的に舞台をかけられるようになると、熱心な固定客もつくようになった。劇団『無窓舎』の名前は、今や演劇マニアの間では知られた存在になっている。プロの評論家の評も時おり見かけるようになった。

今やっている舞台も、二週間分のチケットがすべてさばけている。匡紀が見る限り、何度も足を運んでいるコアなファンもいるようだった。その匡紀も繰り返し同じ舞台を観ているのだが。

舞台上で演じられているのは、シェイクスピアをベースにした現代劇だった。基にしているのは大まかなストーリーだけで、人物配置やエピソード、セリフは大幅にアレンジされている。俊哉は同僚を陥れ、上司とその妻を罠《わな》にはめる口の上手《うま》いエリートの役で、汚い策略のために嘘や詭弁《きべん》やお世辞をのべつまくなしにまくしたてていた。他の役者の十倍はあろうかというセリフの量だった。よくそれだけの台本を覚えられるものだと観るたびに呆れてしまうが、俊哉はつまることもなくなめらかに、昏《くら》い欲望にとりつかれたような男を見事に演じていた。

『証拠を見せろとおっしゃるんですか。そういう役割はあまり好きではないんですがね。でもまあ仕方がない。ここまで事件に深入りしてしまった以上、僕も他人事とは思えない。いいでしょう。行くところまで行くことにしましょうか。…ごく最近のことですが、岸尾《きしお》を僕のマンションに泊めたことがありましてね。岸尾が酔いつぶれてしまったもので。たまたま歯がひどく痛んで、僕はろくに眠れなかったんです。岸尾は気持ちよさそうに熟睡してましたがね。ところが…』

舞台の上の俊哉を見るのは不思議な気分だと思う。知らない人みたいだ。他人を演じているからというだけじゃなく、演技をしている俊哉そのものが、会ったこともない人のようだと思う。あの、何事にも無関心そうな切れ長の目で、冷たく世間を観察している俊哉と、舞台の上であらゆる人間を生き生きと演じてみせる俊哉は、本当に別人のようだと毎回思った。その役柄の人物に憑かれているみたいだ。これが才能というものなんだろうか。

物語の終わり、俊哉の策略によって上司が妻を殺し、他にも数人の人間が死んだ後、俊哉は逮捕される。手首に手錠をかけられた時、たまりかねたように上司が叫ぶ。

『こいつは悪魔の化身だ。どうして私の身も心も、陥れようとしたんだ!』

従順に両手首を差し出していた俊哉は、うなだれていた顔をすっと上げる。ピンスポットがあたる。冷たく整った青ざめた顔に、すうっと笑みが刷《は》かれる。

何度見ても、このラストシーンには息を呑んでしまう。あれだけ雄弁に、口から生まれたみたいにしゃべりまくっていた犯罪者は、最後の最後に一言こう言うのだ。

『――今この瞬間から、俺は二度と口をきかない』

この場面の俊哉の笑みに、会場はいつも水を打ったように静まり返る。肌に感じる空気の温度すら下がるような気がする。凄絶《せいぜつ》な微笑。

悪魔に誘惑される人が絶えないのは、それが魅力的だからだと言った人がいる。それならきっと悪魔はとても美しいんだろう。このシーンの俊哉の笑みを見るたびに、匡紀は悪魔が笑ったらこんなふうだろうかと思ってしまう。そうして、改めて俊哉という役者をすごいと思う。毎日のように公演に足を運ぶのは理由があるからだけど、もしそれがなくても、自分は一ファンとして俊哉の舞台に通いつめてしまうんじゃないか。そう思った。

その後上司が自殺し、裁判が行われるが、俊哉は言葉どおり一言もしゃべらずに幕は下りる。閉演のブザーが鳴る中、ばらばらと客が立ち上がる。あらかたの客がはけた後、匡紀はゆっくりと席を立って、楽屋に向かった。

もう少ししたら後片づけと翌日の準備が始まるが、今はまだ、楽屋は公演後の興奮に包まれている。その熱気の中で俊哉はひとり、部屋の隅の椅子に座って、誰とも口をきかずにシャワーを浴びたままの格好で煙草を吸っていた。放心したような顔をしている。幕が下りた後、特に重要な役を演じた後の俊哉は、まったく使いものにならない。何を言っても上の空で、片づけをやらせようにも邪魔になるだけ。なので、その後の面倒はみんな匡紀にまかされていた。

匡紀が時間の許す限り俊哉の舞台に足を運ぶ理由はこれである。公演後の、死体のような俊哉を引き取る役目。放っておくと俊哉は食事をとることも忘れる。それだけならまだしも、下手をすると放心状態のままふらふらとさまよって、行方不明になってしまったりする。ただ、行方不明になったとしてもそこはプロなので、ちゃんと翌日の舞台に間に合うように姿を現すのだが、その間どこで何をしているのか気が気でない団員たちは、匡紀に俊哉の世話をしてくれと泣きついてきた。団員たちは、匡紀のことを俊哉の同い年の従兄弟だと了解している。とても仲のいい従兄弟だと。

公演後の俊哉を連れ帰って、食事をさせて、部屋のベッドに押し込む。ただそれだけ。それなら団員の他の誰かがやればよさそうなものだが、舞台がはけた後の俊哉は誰かが側にいるのを極端に嫌がる。無理についてまわると、撒《ま》かれて結局行方不明になってしまう。ところが、俊哉は匡紀が側にいるのは嫌がらないのだ。ぼんやりしているのは変わらないが、目の前に食事を並べれば口にする。言われればおとなしくベッドに入る。さして手がかかるわけでもない。

ちゃんと戻ってくるのなら放っておけばいいじゃないかと言ってみたこともあるが、その意見は団員総出で却下された。彼らはみんな、わがままでエキセントリックな彼らのリーダーを、ことのほか大切にしていた。

俊哉はほとんどの人間が楽屋からいなくなるまで席を立たない。何本もの煙草を灰にした後、ようやく立ち上がって着替えた俊哉を、匡紀は食事に連れ出した。

手近な店に押し込んで、勝手にあれこれと注文して俊哉の前に皿を並べる。べつに文句は出ない。酒も少しだけ。その方がよく眠れることを知っている。

何か別のことを考えているような顔で機械的に箸を動かす俊哉の前で、匡紀も一緒に食事をとった。なにしろ俊哉が別の世界に行っているので、会話はあまりない。気が向くと話しかけてくることもあったが、べつに無言でも気にならなかった。黙って二人でいるのには慣れている。

父親の死後も家と土地は維持されているが、俊哉はそこに帰ることはあまりない。自宅近くに事務所としてマンションを購入し、そこに泊まり込むことが多かった。俊哉と匡紀の自宅は二駅しか離れていない。マンションはちょうどその中間。匡紀としても通いやすい場所だった。

食事を終え、静かな夜の住宅街をゆっくりと歩く。俊哉はまた煙草をくわえていた。公演の期間中極端に増える煙草の量を、医大生の匡紀は気にしてしょっちゅう注意していたが、これだけはいくら言っても改善されることはなかった。

空には真円に近い月が出ている。そろそろコートが恋しくなる季節だった。晩秋の澄んだ冷たい空気が、アルコールの入った体に心地よかった。

「…前から訊こうと思ってたんだけどさ」

ふと思いついたことが口をついて出た。だけど隣の俊哉は聞いていていなかった。気だるそうな視線を、どこともない空間にぼんやりと据えている。口の端にくわえた煙草も吸うことを忘れられて、ただ静かに細い紫煙を立ち昇らせていた。

月の淡い光を受けているその横顔を、ついじっと見つめてしまった。この男は壮絶に綺麗だなと唐突に思った。ぼんやりしている顔すら、人の視線を無造作に捉える。知らなかったわけじゃないはずなのに、たった今気づいた気がした。

しばらくそうやって見つめていると、声には気づかなかったくせに視線には敏感な俊哉は、ふっと匡紀を振り返った。

「…なに。なんか言った?」

「いや。いいんだ。考えごとしてたんならごめん」

軽く笑って片手を振った。自分に芸術的才能がないことを知っているので、匡紀は俊哉のような人種のむら気や気まぐれを、そんなものかと容認してしまうところがある。考えごとをじゃましないでいようとする匡紀に、俊哉は稽古《けいこ》場では絶対に見せないような穏やかな顔で笑いかけた。

「べつに。ぼうっとしてただけ。なに?」

「うん、いや、劇団のさ、無窓舎って名前、俊哉がつけたんだろ?」

「ああ」

「どういう意味なのかなって前から思ってたんだけど。窓がないなんて……なんか閉じた感じだろ」

「そうだな……」

俊哉は少し考え込むように言葉を切った。それから、何か思いついたようにクッと低く笑った。

「俺は目の前が開けてたことなんか一度もねえからな」

そんなことをさらっと言われると、どう対処していいか困ってしまう。匡紀はうつむいて黙り込んだ。

「……誰だったかの詩にあったんだけどさ」

匡紀の困惑には気づかないように、俊哉は続けた。脚本も手がける俊哉は、見かけによらず非常な読書家だ。

「詳しくは覚えてないんだけど、こんなだったかな。……窓は叫びのためにあり、叫びは窓からしか聴えてこない。閉されたものがあるわけだ、叫びが聴えてくるからには――」

独り言くらいの小さな声だったけど、ちゃんと朗読になっていて思わず聴き入ってしまった。ひとりで聴いているのがもったいないくらいだった。

「……頭ん中で叫び声がするんだよ」

歩調も変えずに、俊哉は淡々と言った。

「うるさくてうるさくてさ、耳を塞《ふさ》いでも、頭の中だから聞こえちまうだろ。窓は開かない。止めようにも止められない――だったら窓なんかいらねえと思ってさ」

匡紀は顔を上げた。

「……おまえの世界には開いている窓がないのか」

「おまえにはあるのか？」

間髪いれず問い返されて、匡紀は絶句した。あるだろうか。自分には。風の入ってくる、開けた気持ちのいい窓が。

「……窓を開けて叫び声を止めてくれる誰かを待っているのにも、もう嫌気がさしたんだよ」

そう言って、短くなった煙草を思い出したように投げ捨てた男を横目で見つめて、この男の寂しさを知っているのは自分だけだろうと思った。同時に、そのことに紛れもない優越感を感じて少しとまどった。

「匡紀さん」

背後からそっと声をかけられた。首をひねると、折り畳みのパイプ椅子を抱えた矢《や》ケ《が》崎《さき》漣《れん》が、腰をかがめて立っていた。

「ここ、いいですか？」

いいも悪いも通路だ。匡紀は笑って頷いた。

公演も終盤に入っている。今日も匡紀は実習とバイトの都合をつけて、俊哉の舞台を観に来ていた。

矢ヶ崎は団員ではない。そもそも舞台に関係している人間ではなく、映画監督を目指していると聞いている。ひょろりと痩せた体に眼鏡の似合う、いかにも映画青年といった感じの彼は現在芸大の学生のはずだが、始終無窓舎に出入りしていて、今となってはいわゆる顔パスになっている。自称「高槻俊哉の追っかけ」なんだそうだ。どうやら俊哉を使って映画を撮りたいらしく、常に八ミリカメラを持ち歩き、ことあるごとに俊哉を口説《くど》いているが、映像に興味のない俊哉にははなから相手にされていない。それでも何が気に入ったのか、劇団に自由に出入りすることを俊哉は許している。今もカメラバッグらしきものを持っているのを見て、匡紀は尋ねた。

「舞台、撮るの?」

矢ヶ崎は笑って手を振った。

「だめですよお。俊哉さん、舞台撮るのも許してくれないんです。これはね、公演後の楽屋を撮ろうかと思って。初日にやるとみんなピリピリしてて怒られるんだけど、そろそろいいかと」

どれだけ邪険にされても懲りない青年は、いそいそと嬉しそうに椅子を広げる。

以前に一度、どうして映像が嫌なのかと、俊哉に訊いたことがある。その時の俊哉の答えはこうだった。

「虚構だけが残っていくのが怖いんだよ」

俊哉の事務所で二人きりで、酒を呑んでいる時だった。

「舞台の上に立ってる時はさ、薄皮一枚だけが俺で、中身は虚構《フィクション》で埋まってるんだよ。舞台はそれでいいんだ。あそこは全部がフィクションで、幕が下りれば消えるからな。でも映画は違うだろ。面の皮しか俺じゃないのに、それに『高槻俊哉』ってクレジットがついて、商品になる。記号化されて、複製されて、流通していく。俺が死んでも、俺の中のフィクションが、『高槻俊哉』というモノとして残る。――ぞっとする」

匡紀には、俊哉のように身の内に虚構を持つ人間の内面はまったく想像できない。だけどこの時、何年見ていてもわからない、高槻俊哉という多面体の一面を見た気がした。

「匡紀さん、この舞台は観るの何度目です？」

矢ヶ崎が愛想よく尋ねてきた。

舞台を観る時間がない時は、公演後に寄って俊哉を引き取って帰る。最初から最後まで見たのは何回だったかなと、匡紀は頭の中で数えてみた。

「ええと…四度目かな」

「そうですか。僕は一度も欠かしてないんで、今日で八回目です」

「すごいな。スタッフと俺以外で、そんなに観てるのは君くらいだろう。飽きないかい？」

「飽きませんねえ」

矢ヶ崎は楽しそうに笑った。

「知ってます？　俊哉さんってね、本番前の役作り、ジャスト三秒でできるんですよ」

「三秒？」

「ええ。舞台に出る三秒前、袖のところで、一度目を閉じるんです。で、目を開けた時にはもう違う人間になっている」

矢ヶ崎はこちらを向いて、上唇を軽く舐めるようなしぐさをした。

「ぞくぞくしますよ」

その後、「くそ。撮りたいなあ…」と口の中で呟《つぶや》いた。

幕が上がると、矢ヶ崎は口を閉じた。お馴染みのオープニング。昨日の夜言葉を交わしたのと別の人間が、同じ顔をして舞台の上に立っている。

『俺の心は俺のためだけに取っておくのさ。あたりまえだろう?』

あの笑いはどうだろう。あの目を見ろ。あれは決して、高槻俊哉の顔ではない。

「あの人にはできるんですよ」

俊哉の一挙一動を見つめながら、矢ヶ崎が独り言のように呟いた。

「僕は時々思うんだけど、評論家は彼の舞台に小難しい解釈をつけたがるけど、彼は実際のところそんなこと考えてもいないんだ。ただ彼の心が——魂が、あらゆる物事の本質を受けとめて、それをああいうかたちでアウトプットするんです。彼にはできる。できるんです。評論家はわかる、見える、難解な言葉で表現することができる。でもできない。わかっていても、絶対に、死んでもできない。彼は見えたりわかったりしなくても、ただ、できる——」

「……才能」

「そうです。天才ですね。天が与えた才能です」

それならどうして彼は高槻俊哉なんだろうと思った。そんな生まれなど必要ないくせに。医大にだって、開業医の子息ばかりがいるわけじゃない。卒業して国家試験に合格して何年もキャリアを積んでも、開業できるとは限らない。始めからすべてが用意されている人間なんてごく一部だ。ましてや町の小さな医院ではなく、高槻総合病院のような大きな病院の院長の座なんて。

天が与えた才能なら、同じ天が彼を高槻俊哉にしたのはなぜなんだろう。まったく無意味じゃないか。彼は病院なんてはなから継ぐ気がなかったのだから。

俊哉には、俊哉にしかできないことがある。それはたとえば同じように演劇の才能がある人間がいたとしても、かわりになるようなものではない。

対して自分はどうだろう。匡紀にできるのは、努力して知識と技術を獲得してそれを生かせる仕事をするだけ。もちろん、将来の仕事に誇りも希望も持っている。人を助けることのできる、意義のある仕事だと思っている。だけどたとえ彼がそれをやらなくても、誰か別の人間がやるだけだ。結果的には変わらない。

……ああ、嫌だ。こんなのはひどく後ろ向きな考え方だ。匡紀は軽く頭を振った。俊哉と自分を比べたって仕方がない。それはわかっている。だけど比べずにはいられない。ほんのわずか運命の采配《さいはい》が違っていたら、俺が高槻だったのかもしれないじゃないか。そうしたら、自分が継ぐべき病院になんの価値も見出さなかった俊哉よりも、真面目で医者に向いていると言われた俺の方が――

はっと息を呑んだ。俺は今…何を考えていた？　感じまい感じまいと思っていたのに――今のは、俊哉に対する嫉妬だ。とても醜い感情だ。

ため息をついた。俊哉の側にいると、見たくないものばかりを見てしまう。自分の中の黒い部分を。

そこにいるだけで、匡紀のコンプレックスを刺激し続ける存在。だけどその俊哉は、他の人間を傲慢《ごうまん》に排除するくせに、彼を側に引き寄せたがる。

堂々巡りだな、と思った。子供の頃からずっと、同じことばかり繰り返している。いつになっても終着点が見えない。


そもそもその気になったのは、その女の顔が誰かに似ていたからだった。

どこかのライブハウスの片隅。うるさいくらいの音楽と人のざわめきは、俊哉にとっては眠るのにちょうどいいものだった。ひとつの舞台が終わって次の準備に取りかかる前の、エアポケットのような期間。酒を何杯かあけて壁にもたれて眠っていると、側に誰かが立つ気配があった。あの、と細い声。瞼《まぶた》を押し上げると、目の前に女が立っていた。

「あの、高槻俊哉さん、ですよね？　無窓舎の」

俊哉はぞんざいに髪をかき上げた。うっとうしいな、と思う。自分のことを芸能人だとはまったく思っていないので顔を隠したりはしないが、ごくまれにこういう人間もいる。

「あの、あたしあなたのファンなんです。舞台いつも見てます」

「……それはどうも」

煙草が欲しくてジーンズやシャツのポケットを叩いたが、見つからなかった。よけいにいらいらしながら、側に突っ立ったままの相手の顔を見上げた。

とりわけ美人という顔じゃなかった。どこにでもいそうな普通の女。たとえば同窓生だったとしても思い出せないタイプの。

だけど、どこか目を離せなくなるものがあった。よくよく見つめて、わかった。匡紀に似ている。穏やかな光をたたえた目元や、少し困ったような笑い方が。

女は俊哉に見つめられて頬に血を昇らせた。

「…あの、あの…すいません。いきなり失礼ですよね。あたし、ただファンだって言いたくて、それだけで」

赤くなりすぎて泣きそうになっている。俊哉はちょっと笑った。

「ありがとう。……座ったら？」

目の前の椅子を示した。女は真っ赤な顔のまま操り人形のようにぎこちない動きで腰かけて、上目遣いに俊哉を見た。俊哉は色男を演じる時用の、極上の顔を作ってみせた。

たとえば匡紀と寝たらこんなふうかと想像してみる。

白くて柔らかい肌はきっと全然違う。でも俊哉は匡紀の肌を知らない。ニアミスで何度か軽く触れたことがある程度。手のひらの感触だけは、痛いほど覚えている。

感じる時の顔も知らない。いく時の声も知らない。思えば匡紀のことはあまり知らない。

それでもこんなに好きなのが不思議だった。最初は腹違いの兄弟への興味。次は居心地のいい空間への憧《あこが》れ。そのうちに……どこからどう何が変わったのかわからない。

どこにでもいそうな普通の人間だと、何度も自分に言い聞かせてみた。でもだめだった。どこにでもいそう。だけど絶対にいない。あんなふうに、側にいるだけで胸をかきたてられるような相手を、俊哉は他に知らない。

初めて匡紀の部屋に泊まって夜中に目を覚ました時、すぐ隣に転がって寝ている匡紀に驚いた。そのままじっと寝顔を見つめて——もしもこれが女だったら、すぐに自分のものにするのに、と思った。

会いたくてどうしようもなく苦しくなる夜が何度もあった。匡紀がいてくれれば他に何もいらないと思った。さすがにこれはおかしいんじゃないかと思い始めた頃、夢に匡紀が出てきて飛び起きた。

夢の中では匡紀は彼の恋人で、求めるままに体をひらいてくれた。抱きしめた体のリアルな細さに頭に血が昇ったことを覚えている。匡紀のしている眼鏡をはずす時に、指先が痺《しび》れるほどぞくぞくした。想像の中でも匡紀はちゃんと男で、その体は女のように柔らかくも甘くもないのに、呆れるほど簡単に俊哉の体に火をつけた。硬い骨も薄い胸も細い腰も、彼の中の熱を煽《あお》るだけで、鎮めてはくれなかった。溺《おぼ》れるようにキスをして、思うままに奪いつくして、何度も何度も名前を呼んだ。夢の中で名前を呼ぶ自分の声に飛び起きた時には、水から上がったほどの汗をかいていた。

これはだめだ、あれは男だ、兄弟だと、気持ちをマジックで塗りつぶすように消そうとして、一時期俊哉は見境なく女を抱いた。だけど、どんなに似ていない女でも、頭の中では匡紀になった。

「……あ」

腕の中の匡紀に似た女が喘《あえ》ぐ。どれほど高い声でも瞬時に変換できる。

女の名前は忘れた。聞きはしたけど覚えていない。だから誰の名前も呼ばなかった。頭の中で繰り返す恋人の名前以外は。

匡紀の唇にキスをして匡紀の体に舌を這わせて匡紀の中を陵辱した。都合のいい体は、実際はそんなはずもないのに抵抗なく彼を受け入れてくれた。

終わった後に鏡を見て、いつもこう思った。

——地獄に落ちろ。

匡紀は大学入学時からずっと書店でアルバイトをしている。医大生ならもっと割のいい仕事はいくらだってあるだろうと言われるが、本屋のアルバイトは性に合っていた。本に囲まれていると落ち着く。読書家で脚本や演出に膨大な資料を必要とする俊哉の希望の本を揃えてあげられるメリットもあった。

が、そろそろやめなければと思う。今は病院実習中でその間も可能な限りバイトは続けていたが、春からは最終学年で、その後卒業試験と国家試験が控えている。

その意向は伝えてあったので新規バイトを募集したらしく、ある日店長が匡紀のところに女の子をひとり連れてきた。今度高校三年生になるというその子は菅原《すがはら》三重子《みえこ》と名乗って、よろしくお願いします、ときっちり頭を下げた。

第一印象はきれいな子だな、というものだった。今時の高校生にしては服装も地味で垢抜《あかぬ》けないが、顔立ちはよく見るととても整っている。きれいなアーモンド型の目に、何もしなくても濃い睫毛《まつげ》。大人びた鼻筋となかなか色っぽい唇。あともう少し自分の容姿に自覚的になれば、おそろしく変身しそうな子だった。

とはいえ、自分でも面食いじゃないと思っている匡紀は、彼女の容姿に関して必要以上の関心は持たなかった。それよりも、面白い子だなと思った。あまり人づきあいが得意な方じゃないらしく、口数も少ないし愛想も悪いが、時々客の連れてきた小さな子供相手に妙に話がはずんでいたりする。たまに交わす会話からは女子高生っぽい浮ついたところが感じられず、年齢不相応に博識で、自分の意見をきちんと持っているタイプだということが窺《うかが》えた。だけどそれをことさらに主張するわけでもなく、どこか茫洋《ぼうよう》としたとらえどころのない雰囲気を持っている。匡紀の周りにはいないタイプだった。休憩室ではいつも文庫本に没頭していた。

「菅原さんってさ」

客の途切れた時間帯の暇なレジで話しかけてみると、本にかけるカバーを一生懸命折って
いた菅原三重子は、はい、と顔を上げた。

「客商売けっこう苦手そうだよね。どうして販売のバイトにしたの？」

三重子は少し考え込んだ。

「でも、オフィスみたいなところに閉じ込められる事務仕事って苦手だし……人間観察がし
たいんです。本屋さんは、面白いです」

生真面目にそう答える。

「じゃあたとえばレストランとかは？　人間観察できるでしょ」

「たくさんの人がいっぺんに食事しているところってだめなんです」

「え、じゃあ学食とかでごはん食べないの？」

「あんまり食べません。どこか静かなところでひとりで」

へえ、と相槌《あいづち》を打ちながら、やっぱり面白い子だなと思った。それなりの格好をして化粧
をすれば男が群がりそうなのに、どこか世俗を超越している。

その三重子が、ある日棚の前で一冊の本をじっと眺めていた。棚の整理をしていて目につ
いて、思わず手に取ってしまったらしかった。

「それ、買うんだったら店員割引あるよ」

後ろから声をかけた匡紀に、三重子は飛び上がりそうにびっくりした。その驚きように、なんかかわいいな、と笑みがこぼれた。

「店員割引、あるんですか？」

「ごめん。言ってなかったっけ。一割だけだけど。僕もよく本買うから、助かるんだ。欲しい本がなかったら取次に注文出せばいいし」

三重子はこくこくと頷いた。

「買います、これ。あとこっちも」

「はい。毎度ありがとうございます」

レジに戻ってカバーをかける。一冊はニール・サイモンの戯曲。もう一冊は、寺山修司の研究書だった。

「……菅原さん、演劇に興味あるの？」

三重子は恥ずかしそうに頷いた。ようやく匡紀に慣れてきてくれて、口数も増えてきた頃だった。

「高校の演劇部に入ってるんです。でも女子高だから女の子しかいないし、お嬢様演劇って感じでつまらなくて。高校を卒業したらどこかの劇団に入りたいんですけど、まだ経験が浅いから、とりあえず養成所に通うためのお金を貯めてるところ」

「へえ」

初耳だった。

「僕の従兄弟も劇団やってるけど」

思わず口を滑らせると、三重子はえっと驚いた。

「劇団に入ってらっしゃるんですか？　どこの？」

「入ってるっていうか、主宰してるんだけど…。あんまりメジャーなところじゃないから知らないんじゃないかな。無窓舎っていうんだけど」

三重子は大きな目をさらに大きく見開いた。

「えっ、無窓舎って……無窓舎の主宰者って、高槻俊哉さん、ですよね？」

これには匡紀も驚いた。

「俊哉を知ってるの？」

「あたしファンです！　『神様の降る樹』からずっと全部観てて、ほんとは無窓舎にもあたってみたことあるんだけど、研究生の募集はしてないって言われちゃって。でもいつか再チャレンジしようってずっと思ってて」

「――」

「イトコさんなんですか？」

嘘みたい、と三重子は頬を上気させた。

三重子はふだんの口数の少なさを覆すようによくしゃべった。子供の頃から女優を夢見ていたこと、高校に入ってからは小劇場の舞台にまめに足を運んでいること、そこで無窓舎に出会い、そこで観た高槻俊哉に強く惹かれたこと。俊哉がどんなにすごいか、どんなに衝撃を受けたか。

いつもは曖昧なとらえどころのない瞳が、別人みたいに輝いている。綺麗だなと思った。この子のことを、好きだなと思った。もっと知りたいと思った。

「会いたい？」

弾んだ言葉のあいまに落とすように言った匡紀の言葉に、三重子はびっくりしたように黙り込んだ。それから唇を引き結んで神妙な顔をして、小さく一度頷いた。

とはいえ俊哉はその頃次の舞台の準備を始めていて、脚本の執筆がちょうど佳境に入っているところだった。脚本を書くと同時にある程度演出も考えるので、この間の俊哉の集中力はただごとじゃない。しばらく待ってもらって、その後の稽古に見学に行くというのでもいいかと三重子に尋ねてみると、三重子は何度も頷いた。

「わかります。きっとすごい集中力なんでしょうね」

「あー、でも、あんまり期待しない方が…。俊哉、性格よくないよ。愛想悪いし、女癖悪いし」

匡紀がそう言っても、三重子はにこにこと笑っていた。

「はい。期待してません。っていうか、いい人じゃなさそう。いい人だったら高槻俊哉じゃないなあ」

「なんだそれ」

演劇という話題を持ったことで、三重子は急速に打ち解けていった。演劇にからめて自分の話もよくしたし、観た舞台や読んだ本の話を、楽しそうに匡紀に話した。

もともと三重子は匡紀がやめるかわりの補充人員だったので、ひととおり仕事を教えたのち匡紀は書店のバイトをやめたが、やめてからもよく店に本を買いに行き、バイトの終わった三重子とお茶を飲んだりした。三重子の観たがる舞台を二人で観に行ったりもした。公演後は死体になるという俊哉の話を、三重子は面白そうに聞いていた。

そういうつきあいが深まった頃、匡紀は三重子に、君が好きだと告げた。よく行く書店近くの喫茶店で、二人でお茶を飲んでいる時だった。まだ俊哉には紹介していなかった。

三重子はぱちぱちと忙しく瞬きした後、頰を赤くしてゆっくりと頷いた。内心はガッツポーズをしたい気分だったが、表面上は落ち着いて訊いた。

「俺でいいの？」

三重子はきょとんと目を見開いた。

「どうして？　あたし、藤さんのこと好きだよ。誠実な人だし、話してて楽しいし……」

「俊哉みたいなタイプじゃなくていいの？」

言いながら、ああ自分は予防線を張っているなと思った。情けないけど、俊哉に会わせる前に捕まえておきたいと思ったのは事実だった。

三重子はゆっくりと首を振った。

「高槻さんは、そういうんじゃないです。憧れっていうか、目標っていうか…。だいたい藤さん、高槻さんは女癖が悪いって言ってたじゃないですか。あたしそういう人だめ。高槻俊哉さんが恋人だったら、苦労しそうだなあ」

冗談めかしてはいたけど、本気でそう言っているように見えた。だから匡紀は安心して、俊哉の仕事の頃合を見て切り出してみた。

「あのさ、おまえんとこの稽古、見たいっていう子がいるんだけど」

俊哉の事務所のマンションで、二人で夕飯をとった後だった。自炊をまったくやらない俊哉のために、匡紀は時おり食事を作りに行っている。

「稽古を？」

俊哉は食後の煙草をくわえてうっとうしそうに前髪をかき上げた。

「じゃまかな」

「匡紀が連れてくるんならべつにいいけど…」

言って、煙ひとつ分、間をおいた。

「何それ。何者？」

「演劇やってる子なんだ。おまえのファンなんだって」

俊哉は煙草をくわえたまま唇の端を歪めて苦笑した。

「研究生になりたかったのに断られたって言ってたぞ」

「ああ、うちそういうの採ってないんだ。あんまり人数増やしたくねえし、研究生から金取んのも趣味じゃねえしな」

面倒くさそうに言ってから、匡紀を見る。

「それ、女の子？」

「うん、まあ…」

「おまえの彼女？」

一瞬言葉につまってから、匡紀は俊哉を見返した。

「そうだよ。つきあってるんだ」

必要以上に力の入った言葉になった気がしたけど、俊哉はふうん、と興味なさそうに呟いただけだった。それから、いつでも好きな時に来いよ、とそっけなくつけ加えた。

「メシうまかったよ。サンキュ」

匡紀が帰る時俊哉はそう言って、笑ってドアを閉めた。


無窓舎の稽古場は使われなくなった古い倉庫を借り切っている。都の中心地からは外れていて交通は不便だが、周りは工場と空き地で二十四時間大きな声を出しても近所迷惑にならないし、大道具の制作もできるので団員たちは気に入っているようだった。

その倉庫に、匡紀は三重子を連れて稽古の見学に出かけた。つきあい出して三ヶ月近く、そろそろ夏の声が聞こえる頃だった。

「すごい。あたし、ちゃんとした劇団の稽古場見るのって初めて」

三重子は目を丸くして倉庫の中を眺めている。

「でもここはけっこう特殊じゃないかな。俺もここ以外は知らないけど」

広い倉庫内はいまだに隅に段ボール箱が積み上げられているが、スペースの半分には厚手のゴムのタイルを敷いてある。その上で、Tシャツとスパッツといった格好の団員たちが立ち稽古をしていた。

俊哉はその様子を一望できる場所で椅子に座っている。立ち稽古を進めながら、随時脚本を書き直しているようだった。煙草をひっきりなしにふかして、時々前髪をくしゃくしゃにかきまわす。集中していて、匡紀たちが入ってきたのも気づかない様子だった。

「…わ。すごい。本物の高槻俊哉だ」

「ああやって見るとかっこいいけどねえ、本物は面倒くさがりだしわがままだし好き嫌い多いし…」

「なに俊哉さんの悪口言ってんですか、匡紀さん」

後ろからの声に慌てて振り向くと、矢ヶ崎漣がにこにこ笑っていた。

「どうしたんですか、美人連れで」

「あ、見学者なんだ」

一緒に振り返った三重子は矢ヶ崎にぺこりと頭を下げた。

「わ。ほんとに美人さんだな。あなた映画に出ませんか」

「は？」

面食らっている三重子に相手にしなくていいよと笑って、匡紀は空いているパイプ椅子に座った。隣に三重子も腰かける。三重子は食い入るように熱心に団員たちの動きを目で追っていた。

俊哉のつくる舞台は、あまり人物が大げさに動きまわったりしない、フィジカルな要素の少ないものだった。だけどただ突っ立ってセリフをしゃべるだけでは、たとえ小劇場の狭い舞台でも空間をもてあましてしまう。派手ではないアクションで空間に緊張感を持たせるのはとても難しい、と前に団員が言っていたのを匡紀は聞いたことがあった。

『たしかに俺には聞こえたんだ。海の上に降る雪の音が。ちょうど、紅茶の中で角砂糖が溶ける時のような音だ。ああ、あの音。はかない、あえかな、かそけき音――』

「――ストップ」

俊哉が脚本に目を落としたまま手を上げる。

「……どうも、しっくりこないな。加藤のそのセリフ、変えることにする」

「オレ、滑り悪いですか」

「いや、言葉自体が……最後のところが耳に入ってきにくいんだ。字面じゃわかるんだけど……いい。ちょっと、十五分休憩」

俊哉の合図で、ゴムタイルの上の役者たちは緊張を解いて思い思いに散らばった。俊哉はしばらくの間脚本にかがみ込んで、何事か書きつけていた。気がすんだのか立ち上がって隅に置いてある飲み物を並べてあるテーブルに向かった俊哉のところに、匡紀は三重子を連れていった。

「——俊哉」

紙コップを手にした俊哉は振り返って、軽く笑った。

「ああ、匡紀、来てたのか」

「あのさ、この子、前に言ってた…」

気後れしているのか匡紀の後ろにひっ込んでいる彼女の肘を押して、前に押し出した。三重子は生真面目に深く頭を下げた。

「あの…菅原三重子です。はじめまして」

「ああ…」

気のなさそうに呟いた俊哉は、三重子を上から下まで無遠慮に眺めまわした。

「……役者志望って聞いたけど」

「あ、はい、あの…」

緊張しているらしく上手く言葉の出ない三重子を、しばらくじっと見つめてから、俊哉は手に持った脚本をぽんと三重子に手渡した。

「え、あの」

「それ、三十分で目通して。それからここの…カエって女のセリフ、この部分だけでいいから覚えて」

「え――」

「三十分。できる？」

予想外のなりゆきに目を見開いている三重子を見かねて、匡紀は一歩前に出て間に入った。

「何言ってんだよ俊哉、いきなり――」

「いいの」

腕を引っ張ったのは三重子だった。

「大丈夫。やります」

俊哉の前ではあれだけ緊張していたのに、セリフはきちんとなめらかに、感情をこめて発せられているように匡紀には思えた。即席の舞台で即席の役を演じる三重子を、俊哉は椅子に座って腕を組んで見ていた。ほんの短い芝居が終わった後、俊哉は煙草をはさんだ片手で頬杖をつきながら、あまり感情のこもらない声で言った。

「――学芸会クラスだな」

三重子はカッと耳を赤くした。

「おい、俊哉…」

足を踏み出した匡紀が言葉を発する前に、俊哉は続けた。

「でも、いいよ。面白い。うちにはいないタイプだ」

「え――」

「まだうちに入りたい気があるんなら、いいよ。やってみる?」

三重子はきょとんと目を瞬かせた。それからすぐに、留め具の外れた人形のようにがくがくと首を振った。その後ぺたんとゴムマットの上に座り込んだ。腰を抜かしたらしかった。


「いいんですか、ああいうので」

団員に紹介されている三重子を横目で見ながら匡紀が訊くと、安西美園《あんざいみその》は軽く肩をすくめて笑ってみせた。美園という可憐な名前にそぐわない一七五センチの長身に宝塚風の中性的容姿の彼女は、かなり初期の頃からのメンバーのひとりだった。

「座長、気まぐれだからねえ。入りたいって人間には目もくれないくせに、欲しいと思ったら強引だし」

団員はみんな俊哉を座長と呼ぶ。俊哉より年上の美園もそうだった。

「あたしなんかさ、ほかの劇団で主役張ってたところにいきなりやってきて『あんた、うちの舞台に立たない?』よ。あんないい男じゃなかったら鼻もひっかけなかったわよ」

「でも入っちゃったんですね」

ちゃかした口調で言うと、そうなのよねえ、と美園は深く嘆息した。

わよ」

「座長の一人芝居観て決めたんだけどさ、入ってみたらろくに団員もいないんで愕然《がくぜん》とした
さして後悔していなさそうに美園は笑う。

「でも、いいと思うわよ、彼女。お嬢役も冷たい美女の役もできそうじゃない。演技はまだまだだけどね」

美園は最近やめたという煙草のかわりののどあめをがりがりと噛み砕いて言った。

「でもあの子、匡紀くんが連れてきたんでしょ？　大学の友達？　まさか彼女なんて言うんじゃないでしょうね」

「彼女ですよ。いけませんか」

匡紀が言うと、美園はがりがりという音を止めてあんぐりと口を開けた。

「あんた、座長の恋人じゃなかったの」

匡紀は瞬間的にパニックに陥った。

「なっ、なん…何を言ってるんですか、美園さん。俊哉は従兄弟ですよ。そっ…それにだいたい男同士じゃないですか」

「だって座長、あんたにぞっこんじゃないよ。舞台が終わった後なんて、それこそ忠犬ハチ公みたいにべったりで」

「あれは俊哉が他人が側にいるのを嫌がるから」

「あんたは他人じゃないってことでしょ」

ぽんぽんぶつけられる美園の言葉に、匡紀は赤くなったり青くなったりを繰り返した。

「だからそれは従兄弟だし、ずっと前から知ってるから」

「それだけで座長みたいな男がなつくもんですか。……そっかあ、違うのか。残念」

「何が残念なんですか。ふざけないでください。悪趣味な…」

「違うわよ。座長が同性愛のヒトなら、結婚で日和《ひよ》ることもないと思って安心してたのに、って意味」

あくまで舞台至上主義の美園の言い草に返す言葉をなくして、匡紀はがっくりとため息をついた。

「ご期待に添えなくて申し訳ありませんね」

美園もこれみよがしにため息をついてみせる。

「ほんとよねえ。座長も女には手早いくせに何やってんのかしらねえ。あんたさ、もしも女だったら、今頃ガキの一人や二人孕《はら》まされて逃げられなくなってるわよ」

あはは、と美園は声をあげてあっけらかんと笑った。

「かんべんしてくださいよ…」

「でもねえ、座長があんたに手出してないんだったら、それはあんたが男だからとか従兄弟だからとかいう理由じゃないと思うわよ」

「なんだっていうんですか」

今度はガムを口に放り込みながら、美薗はあっさりと言った。

「決まってるじゃないの。あんたを傷つけるのが怖いからよ」

「――」

「座長はあれで繊細で臆病《おくびょう》な男だからね」

美園は世間話みたいな口調でそうつけ加えた。


秋が近づくと匡紀は卒業試験と国家試験の準備に追われて、あまり俊哉のところに顔を出せない日々が続いた。三重子とはたまに会っていたが、毎日基礎練習と体力作りで、まだ舞台には立てないと言う。だけどその土台作りを、三重子はとても楽しそうにやっていた。素人の匡紀が見ていても、声に徐々に張りが出てくるのがわかった。姿勢もプロポーションもどんどんよくなるみたいだった。

彼女の稽古には美園が指導にあたっているそうだが、同時に女を磨く術も教えているらしく、会うたびに三重子は垢抜けて、綺麗になっていった。それは子供の頃に理科の授業で見た、固いつぼみがほころんで色鮮やかな花びらがこぼれ出てくる早まわしの映像を思わせるような、目を見張る変化だった。

「間近で見てるとねえ、みんなすごいよ。気迫が違うっていうのかな。あたしなんかまだまだだなって思う」

会うと話題は劇団のことばかりになる。だけどそれはかまわなかった。生き生きと目を輝かせて話す三重子は好きだった。

「中でもね、やっぱり俊哉さんがすごい。こないだのロールプレイでちょっとだけ一緒にやらせてもらった時、ピリッて来たの。電気みたいなの」

匡紀が俊哉と呼ぶからか、三重子は他の団員のように俊哉を座長と呼ばずに名前で呼んだ。それが気にならないと言ったら嘘になる。だけど匡紀はそう、と笑った。それが三重子の夢なら、叶《かな》えばいいと思った。

匡紀の卒業試験が終わった頃、三重子は初の舞台に立った。まだ端役でさして重要な役どころでもないが、三重子はとてもはりきっていた。国家試験までのわずかな息抜きの期間中、匡紀はまめに無窓舎の練習を覗いた。

「三重子はどう?」

本番と同じ舞台を使ってのゲネプロを、匡紀は俊哉と一緒に客席に座って見ていた。俊哉は今回は役者としては出ないようだった。

「ああ…うん」

気のなさそうな声とは正反対に、目は真剣に舞台の上の役者を追っていた。

「あれはいい女優になるな」

「え、そう?」

「美人で押しがあるし、声の通りもいい。でもそれだけじゃだめなんだ。——見ろよ」

そう言って、俊哉は舞台の端に登場したばかりの、まだ一言のセリフもない三重子を指さした。

「空気があるだろう？　舞台に上がった瞬間に、自分の周りに空気を作ることができる。たとえ一言もセリフを言わなくても、なんの動作もなくても、その役柄の空気を舞台の上の世界に溶け込ませることができる――。それさえできれば、後の大部分は技術の問題なんだ。菅原三重子にはそれがある。……もしかしたら、とんでもない女優になるかもしれない」

三重子は俊哉のことをすごいと言う。俊哉は三重子をいい女優になると言う。自分には指一本出せない世界で、彼らはわかり合っている。

「とはいえ、技術は今のところまだまだだけどな」

そう言って低く笑った俊哉を、匡紀は横目でじっと見つめた。胸の中のどろりと濁った嫌なものの存在を、ひさしぶりに思い出した気がした。


なんか取材の人が来てるんですけど、と帳簿をつけていたはずの団員が遠慮がちに顔を出した時、脚本の手直しの作業を邪魔された俊哉はいらいらと顔を上げた。事務所に使っているマンションには昼間は団員がよく出入りしているが、奥の俊哉の仕事部屋にはめったに人は来ないはずだった。

「取材？　そんなもん受けてるのか」

「受けてないはずなんですけど……受けてないですよねえ。座長嫌いだし。でもなんか相手の人が強引で」

俊哉はチッと舌打ちした。

「どこの」

「ええと、『diversion』って…女性誌ですかね。版元はけっこう大きいとこみたいですけど」

「追い返せよ」

「はあ。でもなんか強気な人で…。あの、座長に名刺だけでもとにかく渡してくれって」

はっきりしない口調によけいにいらいらして、俊哉は団員の差し出した名刺をぞんざいに奪った。さっと目を通して、とたんに笑ってしまった。

「なんだ、はは」

「座長？」

「いいよ。中入れて」

「は？　いいんですか？」

「女だろ？　強気な女」

「はあ…」

不得要領な顔をしている団員にお茶を頼んで、応接間に使っているリビングに入った。カメラマンを引き連れて乗り込んできた女編集者は、リビングの入り口で挑戦的ににっこりと笑った。

「おひさしぶりね」

相変わらず完璧なメイクに、戦闘服のように隙のないキャリアファッション。夏見だった。

「いやあね。いい男になったわね。あたしの予想してたのとは違うけど、でもいいわ。白衣のお医者様よりよっぽどらしいわよ」

髪がショートになっているが、変わったのはそのくらいだった。年齢が上がってもまったく損なわれていない色っぽい顔で笑って、夏見はソファの上で足を組み替えた。

「夏見も相変わらず美人だな」

「あら、あたしは生涯美人よ」

夏見とは大学入学以来、会っていなかった。共通の環境を持っていなかったので、その後の消息を聞くこともなかった。

「結婚したのか」

薬指に光るプラチナらしい指輪に目をとめて訊いてみると、夏見は艶然と笑った。

「したわよ。子供もひとりいるの。女の子。将来、あんたみたいな男とだけはつきあわせたくないわね」

相変わらずの口調に笑ってしまう。

夏見のことは、好きだった。一緒にいると楽しかった。だけど結婚したと聞いても胸は痛まない。夏見が生きたいように生きてくれればいいと思う。

こういう気持ちは、匡紀に対してとは全然違う。好きだけど、執着しない。部屋に閉じ込めて鍵をかけて、誰にも見せたくないなんて思わない。女相手にそんなふうに思ったことは一度もない。

「副編集長だって？　出世したんだな」

名刺を振って言うと、まあね、と唇の端をきゅっと上げた。

「舞台の上の男、って特集すんのよ。あたしが出した企画よ。あんたをメインにしようと思って企画立てたのに、使えない部下が断られたなんて言うんだもの。だからあたしが直接来たってわけ」

「いつから知ってたんだ」

「ここ二作くらいかしら」

「声かけてくれりゃよかったのに」

「劇的再会を狙おうと思ったのよ」

夏見は大きなバッグから録音用のレコーダーを取り出した。

「インタビューを申し込むわ。無窓舎の高槻俊哉さん。カラーででっかく取り上げるわよ」

「インタビュー……」

途端に俊哉は眉間に皺を寄せた。

「嫌な顔しないでよ。変な人ねえ。マスコミに大きく取り上げられれば、客もぐんと増えるわよ」

「面倒なんだよ。ミーハーな客もべつに欲しくねえし」

夏見は肩をすくめてため息をついた。

「相変わらず野心がないのね。それでどうしてショービジネスの世界でやってけるのか不思議だわ」

「そうですよねえ。座長の取材嫌いは有名で」

お茶を出した後面白そうになりゆきを見守っていた団員が口を出してくる。

「僕はいいと思うんですけどね。無窓舎をたくさんの人に知ってもらえれば」

「そうそう」

睨む俊哉を見ない振りして、夏見は無責任に首を縦に振った。

「たとえ座長の顔につられたんだとしても、お客さんはお客さんだし、僕は若い女の子が増えるととっても嬉しい」

「そうよねえ」

「おまえは黙ってろよ」

お調子者の団員を犬の子を払うように手を振ってひき下がらせて、俊哉はさらに深くソファに沈み込んだ。

「いいじゃないの。昔のよしみだし。かっこよく書いてあげるわよ」

「……仕方ねえな」

夏見には昔から頭の上がらないところがある。面倒くさいと髪をかきまわした手首を、夏見はきれいに爪の塗られた手でつかんだ。

「そんなに髪ぐちゃぐちゃにしないで。写真撮るんだから」

「写真か…」

ため息をつく。

「今度舞台のも撮らせて」

「舞台の上はだめだ」

「なんでよ」

「どうしても。今ここで撮っていいからかんべんしてくれよ」

仕方ないわねと呟くと、夏見はバッグから今度はブラシと整髪料を取り出した。

「なんでも出てくる魔法のバッグだな」

「そうよ。メイクもする?」

「冗談…」

取材そのものをあまり受けないのでわからないが、夏見のインタビューはテンポがよくて、ふだんは言葉の少ない俊哉もついついしゃべらされる感じだった。写真もわざわざ場所を変えたりせず、インタビューを受けながら撮ってくれたのがありがたかった。

「こんなとこかしら。今度稽古場にもお邪魔させてもらうわね」

すっかり夏見のペースにはまってしまっている。俊哉は頷くかわりに軽く肩をすくめた。

夏見はレコーダーとぶ厚い手帳をしまうと、しゃきしゃきとした動作で立ち上がった。

「そうだ。今回演劇関係リサーチしたんだけどね、あんたの舞台、評判よかったけど…」

そう言ってぐいと顔を近づけて、間近でにやっと笑った。

「あんた本人は、女癖悪いって評判だったわよ。ファンの女の子に手出すのはやめなさいよ」

「……夏見がそれを言うわけ？」

「んっふっふ。あの頃は若かったわねえ」

夏見は俊哉の耳を軽く引いた。

「ねえ。でも気をつけて。変な噂《うわさ》を聞いたわ」

「変な噂？」

「ファンの女の子で、あんたとつきあってる、もうすぐ結婚するって言いふらしてる子がいるそうよ」

「結婚？」

「するの？」

「まさか」

「やっぱりね。その話聞かせてくれた子も、ちょっとなんか変な感じだったたって言ってたから。熱狂的なファンって怖いのよ。あんたいいかげんなことばっかしてると、いつか後ろから刺されるから」

「自業自得だって言われて誰も同情してくれなさそうだな」

「自覚あんじゃないの」

きれいに口紅のひかれた唇で笑った後に、夏見はふいに真剣な顔に戻って、もう一度「気をつけて」と囁いた。


「『神様の降る樹』を再演する?」

訊き返した匡紀に、美園はそうなのよ、と頷いた。

三重子が無窓舎に入っておよそ一年半がたった頃だった。その年の春に高校を卒業した三重子は、現在はアルバイトをかけもちしながら稽古に通い、すでにいくつかの舞台に立っている。まだ主役はとれないが、確実に女優としての存在感を増していた。

「前に演《や》った時も評判は悪くなかったけど、あれは座長の力っていうか、相手役がいまいちだったでしょ。その子はもう結婚してて舞台やめちゃってるんだけど、大幅に改稿して、相手役変えてもう一度やりたいんだって」

俊哉の舞台をすべて観ている匡紀は、もちろん『神様の降る樹』も知っていた。登場人物が二人だけという、非常に濃密な舞台だった。三重子が初めて俊哉を知った舞台でもある。

「俊哉と――誰?」

「三重ちゃんよ」

半ば想像していながらもやっぱり驚いて、それと同時にもやもやとした複雑な気持ちになった。

「座長は三重ちゃん見てて再演したくなったみたい。あたしもね、いいと思うのよ。たしかにあの役三重ちゃんに合ってるわ。彼女のための役って言ってもいいくらい。三重ちゃんまだ場数少ないけど、センスいいしね」

『神様の降る樹』は、恋人を殺して森に逃げてきた男が主人公だ。セットは粗末な椅子と舞台の真ん中の大きな樹だけ。恋人はその男の見る幻覚として、あるいは回想の中の生きている恋人として、繰り返し現れる。

少しずつ精神が破綻《はたん》していく森での男の独白と、破滅に突き進んでいった恋人たちの過去とが、カットバックの手法で交互に語られる。観客の喉に少しずつ真綿を詰め込んでいくような、緊迫感のある心理劇だった。

「三重ちゃんから聞いてないの？」

奴隷と呼ばれるほど多忙な研修医一年目の匡紀は、恋人と会う暇もままならない日々が続いていた。気がつくと二週間以上会っていなかった。最後に話したのは電話で、三重子の声を聞きながら匡紀は眠ってしまった。

ひさしぶりに稽古場に来てみたら、三重子はバイトで遅れるという。俊哉はいたけど何やら熱中して脚本をいじりまわしていて、声をかけられなかった。それで美園と世間話をしていて、その話を聞いたのだった。

あの舞台を——恋人同士を、二人で演じるという。

もちろん舞台の上と現実とが別物なことくらい、匡紀にもわかっている。ただ、あれを演《や》るとなると役者は二人だけで、その期間中の彼らの近さを思うと匡紀の気分は重くなった。

稽古の帰りに三重子と食事している時にその話を振ると、はしゃいでいるかと思いきや、三重子はひどく緊張した顔でこくりと頷いた。

「そうなの。改稿の第一稿を見せてもらったけど、前に観たのとずいぶん変わってた。まだまだ変えるつもりみたい。あたしにできるかなってちょっと——ううん、すごく不安」

三重子はテーブルの上のパスタの皿を見つめてきゅっと唇を噛んだ。

「でも、俊哉さんについていかないと。俊哉さんってね、普段はクールだけど舞台の上でのテンションの持続がすごいのよ。同じ舞台でも何度でも繰り返しそれができるの。あんな人と二人っきりで舞台に立ったら……生半可な演技じゃ喰《く》われちゃうわ。気を抜いたらばっさり切られて、おしまい」

小さく息を吐いた三重子は、匡紀の想像以上に緊張して、決死の覚悟と言ってもいいくらいの真剣さで『神様の降る樹』の舞台に臨むつもりらしかった。

三重子を自宅アパートまで送った後、匡紀は俊哉の事務所に足を向けた。俊哉はつまみもなしにひとりで酒を呑みながら脚本の練り直しをしていた。

「今やってるの、『神様の降る樹』?」

適当にいくつかつまみを作ってやって、匡紀はネクタイを解いて自分もグラスを手にした。

休憩、と俊哉もリビングの床に腰を下ろす。奥の部屋のドアに顎を向けて尋ねると、俊哉はチーズを口に放り込みながら頷いた。

「再演するんだ」

「聞いたけど……三重子とだって？」

「そう」

グラスを目の高さに掲げて中の氷を見つめて、俊哉は続けた。

「菅原、ここんとこずいぶん力つけてるしな。あの子に演らせるんだったらどんな役だろうって考えてて……思いついたんだ」

「そうか」

ため息が出る。自分のことを、嫌な人間だなと思う。彼らは役者として互いに向き合っているのに、いったい俺は何を考えているんだろう。

「おまえの方はどう、仕事。なんだか疲れてるみたいだな」

夕食をとらなかったのか旺盛な食欲でつまみを片づけながら、気楽な感じで俊哉が訊いてくる。

「疲れてるよ。ほんとに奴隷」

「はは。俺、医者にならなくてよかったな」

そう言われてつい医者の俊哉を想像して、そのあまりの似合わなさに匡紀は笑ってしまった。

こんなふうに笑っていると、自分たちが腹違いの兄弟だということを忘れそうになる。俊哉が本妻の息子で、匡紀が愛人の息子だということを。まるで古い友人みたいだ。そこまで考えて、そうだったらいいのにと思っている自分に気がついた。

「だけどそれじゃ、三重子も忙しくなるな。ますます会う時間がなくなりそうだな」

酒で口がゆるんでついグチをこぼしてしまう。俊哉は煙草をくわえて皮肉な笑い方をした。

「悪いな。大事な恋人を縛りつけて」

「まったくだよ。それも恋人同士の役なんて。言っとくけど、手出すなよな」

冗談めかした本音に、俊哉がまた少しだけ笑った。気の抜けたような、空虚な笑い方だった。

「……そんなに菅原が好きか」

低い声だった。俊哉の視線はグラスの中に落ちている。何をいきなりと思いつつ、真面目に答えた。

「好きだよ。側で見守っていたいって思う。……三重子の笑顔を見てるとさ、彼女のためならなんだってできるって、自然にそう思えるんだ」

ふうん、とやっぱり気の抜けたような返事が返ってくる。俊哉の方は、女性には不自由していなさそうなものの、匡紀の見る限り決まった恋人はいない様子だった。

しばらく会話が途切れた。俊哉が煙を吐き出す音と、事務所で始終流しっ放しにしているFENの音だけが部屋を満たしている。テンポのいい英語のDJは、まるでひいきのチームが優勝したばかりの野球ファンみたいに底抜けに陽気だった。

「……たとえば崖の上にさ」

唐突に俊哉が言った。

「え？」

「おまえがいるとするだろ。右手に三重子、左手に俺がぶらさがっている。両手は痺れて今にもちぎれそうだ。おまえに残っているのは一人を引き上げる力だけ。両方助けようとすると三人とも落ちてしまう。だからどっちかの手を離さないといけない——さあ、どっちの手を離す？」

「——」

質問の意図がつかめなくてとまどう。そっと酒瓶を見ると、ずいぶん早いペースで減っていた。

「……なんだよ、それ。次の脚本の参考にでもするのか？」

笑おうとして失敗した。俊哉は笑わない。真顔でじっと見つめてくる。

「——俺…」

ごくりと唾を飲んだ瞬間、俊哉が低く笑った。

「いまいちだな。愛情か友情か。ありがちすぎてネタになんねえな」

やっぱり脚本の話だったのかと匡紀が肩を落とした時、軽い調子で俊哉はつけ加えた。

「ま、俺とおまえは友人じゃないけどな」

「……」

友人じゃない。それは匡紀もわかっている。じゃあいったいなんだろう?

「……おまえさ、恋人いないの」

妙に気まずい沈黙に耐えかねて、呟くように匡紀は訊いた。俊哉は無表情に煙を吐く。

「いないね。セックスする女はいるけど」

「おまえね、それが問題なんだよ。セックスする相手と恋人は普通同じなんだ」

「そりゃ幸運な例だろ」

「……おまえのその考え方にはついていけない」

匡紀はわざと大げさなため息をついた。

「女なんか面倒くせえよ。あいつらは、放っておいて欲しい時に限って放っておいてくれないんだ」

「それはおまえが相手のことをたいして好きじゃないから、そう思うんだろう」

「ああ、それはそうだな」

俊哉は思いのほか素直に頷いた。

「おまえ、結婚する気はないのか」

「結婚ね…。一生同じ女と過ごすのかと思うとぞっとするな」

「結婚は一生過ごせる相手とするんだ」

「匡紀は真面目だな」

あくまでもふざけた調子で俊哉は笑う。何杯目かもわからないグラスをあおる。そしてグラスを持ったまま、無防備に床に転がった。

「一生なんて長すぎる」

「……おまえ、飲みすぎだよ」

酔ったようには見えなかったけどそう言った。俊哉は目を閉じて長い息を吐いた。

「――おまえが女だったらよかった」

「ああ?」

「そしたら簡単だったのにな。一生だって、側にいられた」

――座長、あんたにぞっこんじゃないよ。

ふっと頭の表面に美園の言葉が浮かび上がってくる。

「女といるより匡紀といる方がずっといいよ」

――あんたを傷つけるのが怖いからよ。

(まさかそんな)

何を考えてるんだ。俊哉は根っこのところに女性不信があるから、そんな言葉が出てくるだけだ。思った途端に理性がそう否定したけど、不自然に心臓が鳴った。急速に渇いてくる喉から無理やり言葉を搾り出した。

「一緒にいたいって思える女を探せよ」

「――見つからないんだ」

聞いているだけで胸が痛むような、本気の嘆きにそれは聞こえた。俊哉は身を起こして持っていたグラスを床の上に置くと、匡紀のすぐ側に膝をついた。

「そうだよ。おまえが女だったら話は簡単だったんだ」

「ちょっと、俊哉――」

「誰の側にもいたくない。誰かと一緒になんて生きられない。俺は」

「おまえ、酔ってんのかよ」

驚くほど間近に切れ長の目があった。酔いなどかけらも見えない、黒い黒い静かな硬質的な瞳。ああ綺麗だなと場違いに思った。

「――やらせろよ」

一瞬何を言われたのかわからなかった。言葉の意味を理解するより先に、俊哉の手が匡紀の両肩をつかんで体重をかけて押し倒してきた。

「おい…何を」

「一緒にいたい奴を探せって言っただろ。言った責任を取れよ」

「ふざけるな。俺は男だ」

下から睨みつけた。俊哉は薄く笑った。

「そうだよ。だから血がつながっていてもいいんだ。近親婚のタブーは遺伝異常の子供の生まれる可能性が理由だろ。男同士だったらいくらやったって子供は生まれねえからな」

俊哉の手が匡紀のスーツのジャケットを払ってシャツをたくし上げる。現れた裸の胸に唇を這わせてくる。

「ばっ馬鹿野郎！　何やってんだおまえっ」

「でも女だって関係ないんだ。俺は子供ができないから」

「――え？」

思わず抵抗を忘れて訊き返した。俊哉は匡紀の胸に顔を埋めたまま答えた。

「これだけやりたい放題やって、一度も失敗してないの変だって思わないか？　大学にいる時に調べたんだ。俺は無精子症だ」

言葉が出なかった。俊哉はクッと短く笑った。

「いい気味だよな。親父もお袋も俺に病院を継がせたがっていたけど、どうせ高槻の家は俺でおしまいだ。だから最初から匡紀に継がせればよかったんだ」

「……だからか」

「え？」

床に肘をついて上半身を浮かせて、覆いかぶさっている俊哉の頬に手をかけて顔を上げさせた。少なくとも目に見えるような傷ついた表情はなかった。

「だから、女に本気にならないのか。何もあげられないから」

「――」

一瞬虚を衝かれたような顔をして、それから俊哉は目を逸《そ》らして疲れたように笑った。

「……匡紀は優しいな」

「俺が優しいんじゃない」

「おまえ、今俺に何されてんのか、忘れてんじゃねえの？」

いきなり息の止まる力強さで再度床に押しつけられた。俊哉は怖いほどの無表情だった。まるで怒っているような。

「俊哉っ」

「黙れよ」

言葉と同時に俊哉は匡紀のシャツをひっつかんで、力まかせに引き裂いた。はじけ飛んだボタンがどこか遠くの床に落ちて小さく音をたてた。匡紀は息を呑んだ。

「……や、めろよ」

俊哉は無言で首筋を舐め上げてくる。体の奥の方がぞくぞくするような、いたたまれない舌の動きだった。どこまでが冗談でどこまでが本気なのかわからない。俊哉のことなんか何もわからない。

「俊哉…っ」

俊哉はからませた足で匡紀の膝を割り開いた。もがいたけど足ははずれなかった。どこも縛られているわけじゃないのに、指にも唇にもうまく抵抗できなかった。

「——っ…」

足を開かされる。その足の間に、俊哉の手が探るように伸びてくる。それまではどこかで悪い冗談だ、酔っているんだと思っていたけど、つかまれた瞬間、体の真ん中に冷たい棒を

差し込まれたような恐怖を感じた。

「…嫌だ…っ」

本気の恐怖を感じた瞬間に、俊哉の動きがぴたっと止まった。匡紀の体からあっさり離れて、ごろんと横に転がった。

「──やめた」

「え…」

「つまんねえ。胸ないんだもんな。よけいなもんはあるし」

「…ったりまえだろっ！」

一瞬でも本気で怯えた自分にも腹を立てて、匡紀は真っ赤になって怒鳴った。乱されたシャツの前をかき合わせる。

「悪ふざけにもほどがある。シャツ弁償しろよ」

「破ってねえだろ。菅原にボタン縫ってもらえよ」

「反省の色が見えないっ」

俊哉は寝転がったまま笑った。笑い上戸の人間の発作的な笑いみたいな、意味のない笑いだった。

「おまえ、酔うと見境ないんだな。いつか刺されるぞ」

「それ、前にも言われた。女に」

「救いようがないな」

俊哉の笑いは止まらない。笑いながら腕を上げて、両手で顔を覆った。

「──匡紀。悪い。今夜は泊められない。脚本の続きをやりたいんだ。今のってるから」

「あ…、ああ」

唐突な言葉にとまどいながらも、匡紀はつまみの皿を片付けて、荷物をまとめて立ち上がった。

玄関ドアの前で振り返ると、俊哉はまだ寝転んだまま手を顔にあてていた。

「じゃあな」

寝てしまっているのかもしれないと思いつつ声をかけると、俊哉が低く何かを言った。

「え？　何か言ったか？」

「……匡紀」

舞台の上では張りのある通りのいい声が、力なく囁いた。

「──匡紀。おやすみって言ってくれないか。……頼むから、おやすみって」

俊哉は仰向けになって両手で顔を隠したまま、そう言った。その声が泣いていたわけでもないのに、どうしてだかひどく傷ついて、打ちひしがれているように見えた。

胸の真ん中を鷲《わし》づかみにされた気がした。今履いた靴を脱いで、部屋の中に駆け戻りたくなった。もう一度彼の側に行きたかった。手を握りたかった。握って、大丈夫だと言ってあげたかった。

──あの夜みたいに。

だけど匡紀の足は動かなかった。もう心と同じようには体は動かない。自分たちは子供じゃない。俊哉は、夢を見て怖がっている中学生じゃない。

「……おやすみ。俊哉」

返事はなかった。匡紀は静かにドアを閉めた。何か見えないものが指の間から滑り落ちていったような気がしたけど、それがなんなのかわからなかった。


『神様の降る樹』の初日は四ヶ月ほど後の翌年の二月に予定された。他の団員と俊哉は春の定期公演と同時進行で進めていたが、三重子はこの二人芝居にかかりきりになった。たまの休みに会ってもうわの空で、匡紀の言葉を聞いていないことがよくあった。稽古場では俊哉を時おりじっと目で追っていた。

「三重ちゃんは、あれよね。恋人役に本気で惚れちゃうタイプ。で、日常にもひきずっちゃうのよね」

からかわれているのはわかっていたが、美園の言葉は匡紀の嫌な部分を正確に突いた。

「…俊哉も？」

「あー、あれは意図的な多重人格者だから。幕が下りるとツキモノが落ちちゃうんだよね。そのぶんテンションごっそり持ってかれて使いものにならなくなるけどね」

ふざけた俊哉に襲われかけて以来、匡紀はなんとなく俊哉の事務所に行くのを避けていた。

べつにまた襲われるんじゃないかと怯えているわけではない。子供の頃からずっと見てきた俊哉の孤独が、また深まっているような気がしてそれを見たくないのだ。

容姿にも才能にも恵まれた俊哉は、他人に対しては存分にそれを行使するくせに、意識的にか無意識にか匡紀の前でだけ寂しさをかいま見せる。裂け目から滲《にじ》み出てくるようなそれを見るのが、時々とても辛くなる。自分には重いのかもしれない。

恋人をつくれだの結婚しろだのも、無精子症だと聞かされてからは言えなくなった。いつか、俊哉の全存在を受けとめてくれる相手が現れてくれるといいと思う。

おおまかな脚本ができあがると、俊哉は稽古場とは別に小さなスタジオを借りて、そこで『神様の降る樹』の立ち稽古に入った。俊哉は役者に実際にセリフをしゃべらせて動かしながら、どんどん脚本を変えていく手法をとる。時にはストーリーすら作り変えてしまう。役者に役柄の全人格を預けるそのやり方は、とてつもない精神的緊張を演じる側に強いることになる。特に初めての大役で没頭している三重子は、現実と舞台の境もうまくつかめなくなっていった。

「うまくいってるのか？　稽古」

テンションを下げたくないという三重子の希望で、二人だけの舞台は二人だけで稽古が進められている。匡紀すらその密室からシャットアウトされていた。

「いいよ。うん――面白い」

切り替えのできる俊哉はまだ余裕のようだった。

「すごく手応えがある。突っ込めば突っ込むほど、奥からこれでもかって出してくるんだ。彼女、負けず嫌いだな。いい舞台になるんじゃないかな」

匡紀はため息をついた。俊哉も三重子も舞台のことしか頭にない。自分には、口は出せない。見守ることしかできない。

研修医生活に忙殺され、三重子とまともな会話も持てないまま冬を迎えた。日々冷たくなっていく気温に呼応して街を行く人のまとう色は深く暗くなっていき、誰もが背中を丸めて逃げるように早足で歩く季節になった。

『神様の降る樹』の初日は、今にも氷の破片を落としてきそうな鈍色《にび》の空の広がる、寒い日だった。無窓舎の名前を冠せずに俊哉と三重子の名前だけを記したその舞台に、それでも情報通の物好きな客は集まってきた。いつもよりさらに小さめの劇場は、人の熱気で暖房が必要ないくらいだった。

前日の夜、ストレスで三重子が嘔吐《おうと》を繰り返していたのを匡紀は知っていた。様子を見に個室の楽屋に入ると、三重子は紙よりも白い顔で鏡の中の自分と向き合っていた。

「大丈夫なのか」

匡紀が問いかけると、それでもにっこりと微笑む。

「平気。ちょっと緊張しちゃって」

「食事ちゃんととったのか」

これにはあまり意味のなさそうなゆるい笑みが返ってきた。付き添っている美園が横から答える。

「何食べても吐いちゃうのよ。だから昼間に点滴打ってきたわ」

「三重子…」

ため息が出る。

「大丈夫よ。ぼろぼろなのは初日だけなの。今日が終われば、ちゃんと元に戻るから」

初日のストレスが格段にきついことは匡紀も知っている。口を出せない分野なだけにもどかしかった。

対して別室の俊哉の方は、相変わらず茫漠《ぼうばく》とした顔で煙草をたて続けに吸っていた。その煙草の量だけが、普段と明らかに違う精神状態を物語っていた。

匡紀はそれ以上彼らには関わらずに、今日はカメラを抱えていない矢ヶ崎と一緒に客席についた。

「見ものですね、この舞台。なにしろずいぶん脚本書き替えたらしいし、稽古も秘密にしてたし」

「そうだね」

「菅原さんにとっても、これが女優としての転機になるんじゃないかな。そんな気がする。ああ、彼女だけでもフィルム撮らせてくんないかなあ」

遠足前の子供みたいに目を輝かせている矢ヶ崎を苦笑で眺めて、匡紀はまだ幕の下りたままの暗いステージにじっと目を据えた。この公演がすべて終わったら、三重子に結婚を申し込むつもりだった。

　気がついたら自分の事務所だった。俊哉はゆっくりと額に手をあてた。

　舞台の上のことは一から十まで覚えている。客席の反応も。

　かなり出来のいい舞台だった。初演の時と比べたら格段と言っていいくらいのものになっている。三重子の力との相乗効果なのは明らかだった。役者としては期待しているし、尊敬もできる。役者としては。

　その三重子は、楽屋にひっ込んだ途端に貧血を起こしたらしい。美園が介抱して持ち直したのはいいが、今度は極度の緊張が解けたせいか泣き出して止まらなくなった。美園と手伝ってくれている他の団員たちは、三重子と、例によって死体になってしまったらしい自分を匡紀に押しつけたようだった。

　どこだかで食事を出されたのは覚えている。その間中ずっと、三重子は泣いていた。妙な三人連れだっただろうなと思う。そして気がつくと事務所のマンションで、側にはもう泣きやんで今は放心したような顔つきの三重子がいた。匡紀がいない。

「……匡紀は？」

　のろのろと尋ねると、三重子は夢から醒《さ》めたように何度か瞬きをした。

「病院に戻らなくちゃいけなくなったって、さっき……」

「ああ……」

それでどうしておまえがここにいるんだ、という口に出さない疑問を、三重子は察したようだった。

「あたしはタクシーに乗せられたの。でも……戻ってきちゃった」

「なんで?」

訊きながら、でもどうでもいいと思った。

幕が下りると、舞台のことは頭から抜け落ちる。自分の演じていた役も、相手役のこともどうでもよくなる。いつもそうだった。三重子の考えていることなんかどうだっていい。匡紀の恋人なんか知らない。

「あなたに……話があって」

匡紀に会いたいなと思った。あの存在を感じていたい。側にいて欲しいのは、いつも、いつだって、匡紀だけだ。

あの夜以来、なんとなく避けられているのは気づいていた。三重子と二人で舞台をやっている自分に、匡紀が焦燥を感じていることも知っていた。

あの時あんなことをしなけりゃよかった。出口の見えない苦痛に耐えかねて、匡紀を無理に抱こうとした。どうせ心が手に入らないのなら、体だけでも、一度だけでも、そう思った。

だけどだめだった。できなかった。力で奪うことなんかいくらだってできる。だけどそんなことをしたら、どれほど匡紀が傷つくだろう。両親はもういないとはいえ、生まれが消えたわけじゃない。愛人の息子が、本妻の息子に犯される。そんな屈辱にどこの男が耐えられるだろう。

憎まれるのは仕方がない。だけどこれ以上は奪えない。たったひとつ、ひとつだけ、欲しくて欲しくて気が狂いそうなものは、絶対に、永遠に手に入らない。自分のしようとしたことでそれを思い知った。

俊哉は両手で頭を抱いた。悪い酒に酔ったみたいに、どろどろとした思考が堂々巡りを始める。

もしも匡紀が女だったら。もしも自分が女だったら。もしも血がつながっていなかったら。もしもあんな出会いじゃなかったら。

仮定ばかりが頭を駆け巡ってわけがわからなくなる。それでも、あの匡紀じゃないとだめだと思った。長い髪も柔らかい胸も受け入れてくれる体もいらない。あの目の、あの手の、あの体であの心の匡紀じゃないと、匡紀じゃないと思った。

人は自分のことを羨ましいという。才能があるから。恵まれた容姿を持っているから。好きなことができる金があるから。

だけどそんなもののひとつとして、匡紀は欲しがってくれない。金があってもそれは高槻の家の資産で、匡紀には疎ましいだけだ。舞台映えするといわれるこの顔も、匡紀にとっては高槻に捨てられた自分の母親の生き写しなだけ。あるいは捨てた側の人間の生き写しか。

何も持っていない。ないのと同じ。今手の中にあるすべてを捨ててもいいから、匡紀が欲しいと思った。匡紀に求めてもらえるものをくれるなら、全部とひきかえでもかまわないと思った。

——三重子の笑顔を見てるとさ、彼女のためならなんだってできるって、自然にそう思えるんだ。

三重子の顔があれば、三重子の体があれば、三重子の心があれば、そんなふうに想ってもらえるんだろうか。ずっと側にいたいと願ってもらえるんだろうか。

「——俊哉さん」

当の女が俊哉を呼ぶ。匡紀に囁きかけただろう甘い声で。この女と自分なら、匡紀は迷わずこの女を選ぶんだろう。いつか自分の手を離してこの女と生きていくことを、なんのためらいもなく選ぶんだろう。自分の幸福はそこにあると。

「俊哉さん」

「……うるさい」

こんな女の声なんか聞きたくない。笑いかける匡紀の姿なんか見たくもない。視界がどんどん狭くなる。世界が狭くなる。もう望むものしか見えなくなる。匡紀しか見えなくなる。

「……あたし、あなたが好きなの」

「——」

俊哉は顔を上げた。

今、なんと言った？　この女は。

匡紀が愛したその唇で、自分に向かって何を言った？

「ねえ、聞こえた？」

経過の気になる患者がいたので、様子を聞こうと電話を入れてみたら、脱水症状を起こしていた。駆けつけた時には当直の医師の対処で持ち直していたが、今夜は泊まって様子を見ることにした。朝になったら指導医に今後の治療方針についてさっそく意見を求めてみようと思いながら、匡紀は白衣のまま狭い当直室のベッドに横たわった。背中がぎしぎしと鳴る。疲労が体を鉛の塊みたいに重くしている。

三重子は無事にアパートに着いただろうかと考えた。死体の俊哉は相変わらずだったが、三重子があそこまでわけがわからなくなるとは思わなかった。役者なんて楽な商売じゃない。一生の保証もない。だけど同時に、そこまでのめり込める彼らを少し羨ましいと思った。

患者の状態に変化がなさそうなら、正規の出勤時間前に少しでも三重子の様子を見に行こうと考える。時間があったら俊哉のところへも。

指輪はもう用意してある。三重子の誕生石。プロポーズの言葉はなんにしよう。女は一生忘れないというから、慎重に選ばないと。こういう時、経験豊富で脚本家でもある俊哉なら、気のきいたセリフのひとつやふたつ、すぐに出てくるんだろうな。

目を閉じたまま、匡紀は小さく笑った。眠りに落ちる寸前、最後に考えたのは、俊哉は祝福してくれるだろうかということだった。


最低の気分だった。

みじめで、苦しくて、死んでしまいたかった。

匡紀の愛する女と寝た。好きでもないのに。

「どうして…」

声は相手よりも自分を責めた。

「どうして匡紀を裏切ったんだよ。あんなに……あんなにおまえが好きなのに」

違う、裏切ったのはおまえだろうと心がナイフで切りつけてくる。

「何が不満なんだよ。優しい男だろう？　匡紀を……傷つけないでくれよ」

違う、傷つけてきたのは俺だ。初めて会った時から——いや、生まれた時から、匡紀は俺たちに傷つけられてきたのだ。

「じゃあどうしてあたしと寝たの」

シーツにくるまっただけの女の声は傷ついて震えていた。

「おまえが嫌いだからだよ」

女の顔は一瞬で真っ青になったけど、心はかけらも痛まなかった。

「匡紀の女なんかみんな嫌いだ。匡紀が笑いかける奴、匡紀が触れる奴、みんな殺してやりたいくらいだ」

「……何を言ってるの」

「なのにおまえは匡紀を裏切るんだな。おまえは女で、そんなに綺麗な顔をして、匡紀に愛されているくせに」

「俊哉さん、あなた――」

俊哉はベッドの上に横たわったまま、手を掲げて自分の手のひらをじっと見つめた。

「匡紀は俺の兄だ」

「え？」

「血のつながった、正真正銘の兄貴だ。父親が同じなんだ。でも母親同士は双子だから、ほとんど普通の兄弟と同じだ。兄弟だ。血がつながっている。なのに俺はこんなにどうしようもなく匡紀が好きなんだ。おかしいだろう？」

言っているうちに自分でも笑えた。

「笑えよ。変だよな。どうして俺はこんなに匡紀ばかり好きなんだろう。時々これは何かの罰なんじゃないかという気すらする。匡紀が好きで、いいことなんかひとつもなかった――」

手を下ろして目を覆った。まだ涙は流れなかった。泣いた顔を、この女にだけは見られたくなかった。

みじめで苦しい。自分のすることは、結局いつも匡紀を苦しめるだけだ。なんにも、何ひとつ、好きな人のためにできない。こんな自分は死んでしまえばいい。

「頼むから、匡紀には言わないでくれ。こんなことは言わないでくれ。あいつがかわいそうだ——」

女の細い指が俊哉の手の甲に触れた。ひんやりと冷たい、乾いた指だった。

「かわいそう」

ぽつりと三重子は言った。

「……かわいそうなのは俺じゃない」

「ううん、あなたもかわいそう。匡紀もかわいそう。……あたしも」

三重子は凍えたような指で何度も俊哉の髪を梳いた。そうっとその頭を両腕で抱いた。

「かわいそう……泣いていいのに」

そう言いながら、三重子の方が先に泣き出した。


三重子のアパートは何度呼び鈴を押しても誰も出てこなかった。ポストには今朝の新聞が突っ込まれたままで、その陰から郵便物もちらりと見えた。昨日取らなかったようだった。

帰っていない。そうわかった時匡紀が考えたのは、まさか事故にでもあったんじゃないかということだった。

実家の連絡先は知らない。バイト先に訊けば教えてもらえるだろうか。いやそれよりも警察か。待て、劇団の誰かに訊いてみた方が——

混乱した頭を抱えながら、匡紀は俊哉の事務所に向かった。もし万が一事故にでもあっていた場合、劇団の責任者の俊哉のところに連絡が入るんじゃないかと思ったからだった。

寝不足で重い体をせきたてるようにして、息を切らせて走った。そして、事務所のあるマンションの玄関先で、匡紀は信じられないものを見た。信じられない——いや、心のどこかで疑って怖がっていたもの。

俊哉と三重子の二人は、冷たい朝の空気に身を縮ませるようにして玄関先の石段を降りてきた。二人とも疲れた顔で、終始うつむいて白い息を吐いていた。電柱の陰に立っている匡紀には気づかなかった。

三重子が首を伸ばすようにして何か俊哉に囁きかける。俊哉は小さく頷いて、通りを見渡した。タクシーを待っているようだった。

違う、誤解だ。まず最初はそう思った。事務所には団員はよく出入りしている。初日の興奮が収まらなかった三重子は、舞台のことで何か俊哉に相談したいことがあって、戻ってきたのに違いない。

あんな夜遅く？　俊哉ひとりでいる部屋に？

それならどうして帰らなかった。朝までマンションで過ごした。

違う。嘘だ。三重子が俊哉に抱いていたのは、擬似的な恋愛感情だ。あれは本物じゃない。だいたい俊哉が受け入れないはずだ。他の女ならともかく、自分の恋人相手に俊哉がそんなことをするはずがない。

あんなに女癖が悪くて見境なしの俊哉を？　おまえは信じていたのか。

……信じていた。おかしいくらいに信じていた。そのことが悲しかった。

これから自分はどうすればいいだろう。ふいに足の力が抜けたような気がして、匡紀はぐらりと肩を柱に預けた。二人の目の前に飛び出して、問いただせばいいのか。彼らが口にするかもしれない言い訳を、まぬけに信じてやればいいのか。それとも何も見なかったことにして、黙って帰った方がいいのか――

匡紀は一歩も動けずにその場に立ちつくしていた。俊哉と三重子の二人はほとんど言葉を交わさずに、寒そうにコートのポケットに手をつっこんで立っている。

その時、匡紀の背後から、住宅地の静かな朝の空気を貫くカツカツと硬い音が近づいてきた。アスファルトに響く女物のパンプスの音だった。立ちつくしている匡紀の横を、早い歩調で通り過ぎる。匡紀の方はちらとも見なかった。白いブラウスに紺のスカートの、なんの変哲もない服装の若い女だった。両手がショルダーバッグをしっかりと押さえている。通り過ぎた時、女がぶつぶつと独り言を呟いているのが耳に入った。

「――のせいよ。あんたのせいよ。あんたさえいなければいいのよ」

暗い熱のこもった、奇妙に一本調子の声だった。

その声に驚いて女の後ろ姿を目で追った。女はまっすぐに玄関前の二人に近づいていく。片手がさっとバッグの中を探った。そこから取り出したものが腕の陰で金属的な光を閃《ひらめ》かせるのを見て、匡紀は目を見開いた。刃物のように見えた。

「あんたさえいなければ――」

急に高くなった女の声に、二人が揃って振り向いた。

カッカッという音が徐々に速くなっていく。ショルダーバッグがばさりと路上に落ちる。

女はほとんど疾走していた。ナイフを腰だめにかまえて。――三重子に向かって。

「よせ…！」

女の意図を悟った匡紀は、柱の陰から飛び出した。全力で走る。だけど周りの空気がまるでタールみたいにねっとりと手足にからみついて、少しも進んでいない気がした。子供の頃に見た、悪い怖い夢のように。

目の前の光景はスローモーションのように見えた。立っている二人はきょとんとした顔をしていたが、俊哉が先に口を大きく開けた。何か叫んだのかもしれなかった。

女は一直線に三重子に向かっていく。その先では、三重子が硬直したように立ちつくしていた。こぼれ落ちそうに目を見開いている。だめだ、と叫んだ。うまく声にならなかった。だめだ。やめてくれ。

何が起こったのかわからなかった。女と俊哉と三重子が、重なり合うようにかたまって動きを止めていた。最初に動いたのは、ナイフをかまえて走っていった女だった。

女はよろよろと二、三歩後ずさりして、ぺたんと尻餅《しりもち》をついた。カンと妙に軽い音をたててナイフがアスファルトに落ちる。同時にナイフは路上に血を撒き散らした。赤い、何かの冗談のように真っ赤な血を。

「いやあああああ――――！」

叫び声で匡紀は我に返った。三重子の声だった。その声が呪縛を解いて、匡紀は今度こそ死に物狂いで走った。

がたがたと肩を震わせている女の横を走り抜ける。両手を伸ばした先で、ぐらりと俊哉の体が傾いだ。そのわき腹から、ぼたぼたと血が落ちる。刺されたのは俊哉だった。

「俊哉――――！」

崩れ落ちる体を抱きとめる。その衝撃で、匡紀も路上に腰を落とした。俊哉の体は重くて、なんの力も入っていなかった。

「と、俊哉……俊哉っ？」

自分の手を持ち上げて、そこにべったりと塗られた血を見て、匡紀は眩暈《めまい》を起こしそうになった。病院でどれだけ流れる血を見ても、こんなふうに心底の恐怖は感じたことがなかった。

「う、嘘でしょう？　何これ……」

三重子は真っ青な顔で立ちつくしている。全身ががくがくと震えて、今にも卒倒しそうだった。匡紀はその三重子を怒鳴りつけた。

「三重子、救急車を！　早くっ！」

三重子はびくんと肩を揺らした。唇を震わせながらあたりを見まわして、下手な操り人形のようなおぼつかない足取りで、それでも駆け出した。

「俊哉――」

匡紀は腕の中の俊哉の体を仰向けにした。ナイフが抜けてしまったせいで、血があふれて止まらない。匡紀は首に巻いていたマフラーを剝ぎ取って、傷口を押さえた。刺されたのは多くの臓器の集まっている腹部だ。マフラーは瞬く間に真っ赤に染まった。

「俊哉……俊哉っ」

名前以外言葉が出ない。マフラーを押さえている手のひらにも、じっとりと血が染みてくる。俊哉の血が。赤い赤い血が流れて止まらない。

だめだ。泣きそうになった。刺した女のことも二人を見た時の衝撃も、頭から消えていた。だめだ。こんなのはだめだ。

何度も頭の中で繰り返した。

誰か、誰かこの血を止めてくれ。お願いだ。

お願いだから、神様――

匡紀はコートも脱いで止血に使った。目を閉じた俊哉の顔が急速に白くなっていくような気がした。

「俊哉、俊哉、頼むから目を開けてくれ――」

ほとんど泣きながら匡紀は訴えた。俊哉の切れ長の目の睫毛が、わずかに震えたように見えた。口が空気を求めるようにかすかに開く。匡紀は止血を続けながらその頭を抱いた。

「俊哉、しっかりしろ」

俊哉はうすく目を開けた。

「今救急車が来るから」

「……」

乾いた唇が動いた。声はよく聞き取れなかった。

通行人らしい人間の叫び声が聞こえる。それは次第に多くの人間のざわめきになっていった。うるさい、と匡紀は思った。俊哉の声が聞こえない。

遠くから救急車のサイレンが聞こえてきた。近づいてくる。野次馬がさらに多くなる。匡紀は俊哉の口元に耳を寄せた。

「何か言ったか、俊哉」

俊哉は蒼白《そうはく》な顔で、脂汗を流しながら、それでもかすかに微笑った。

「おまえの女、ちゃんと守っただろ?」


身になじんだ病院の無機質な空間も、少しも匡紀を安心させてくれなかった。白い壁も閉ざされた扉も、冷たく拒絶されているようにしか思えなかった。

俊哉は近くの救急指定病院に運ばれた。現在緊急の手術が行われている。とにかく出血がひどかった。血が足らなくなったら自分から取ってくれと匡紀は申し出ていた。血液型は同じで、兄弟だからと。

彼らのところには警察も来た。刺した女は逃げもしないで座り込んだままで、すぐに確保されたようだった。いろいろ訊かれたが匡紀も三重子も女の顔を知らなかったし、とにかく俊哉の状態がはっきりするまでは気が気じゃなくて、何も答える気にならなかった。

三重子は泣きはらした顔で匡紀の隣に座っている。さっきから一言も口をきかない。歯の根が合っていないらしいかちかちという音が時おり小さく聞こえた。

並んで座って無言で手術室の扉を見つめながら、ああこれは前にも経験した光景だなと思った。母親が死んだ時だ。あの時隣にいたのは俊哉だった。

——幸せになって。

亡くなる直前の母親は、俊哉にそう言った。その俊哉は、今あのドアの向こうにいる。

「……俊哉が好きなのか？」

自分でもおざなりな力のない声だなと思った。三重子の反応はない。

「みんな俊哉を欲しがるんだ。どうしてなんだろうな…」

膝の上で手を組んで、その手をじっと見つめた。手のひらには拭うことも忘れていた俊哉の血が、褐色に乾いてこびりついている。

「わがままで自分勝手で……他人のことなんかなんとも思ってなくてさ、家も両親も才能も恵まれた容姿も、なんでも持ってて誰からも好かれるくせに、そんなものいらないなんて平気で言うんだ。喉から手が出るほどそれが欲しい人間の気持ちなんて知りもしないで——」

どれほどあの男を憎いと思っただろう。憎もうと思っただろう。彼さえいなければ、と何度思ったことか。

「なのに俺はどうして嫌いになれないんだろうな…」

世界中の人間が彼を嫌いならよかった。そうしたら、自分にだけ心を開く彼に、同情して優しくするのはとても簡単なことのように思えた。

同情なんてしていない。立場から言えばこっちがされる方だ。優しくしようなんて思ったことはない。気がつくと結果的にそうなっているだけだ。

迷子の目をした彼に、手を握ってやりたくて——

「なんなんだろうな…」

この気持ちがなんなのか知らない。

俊哉の、きれいに整った横顔を思い出す。きれいな顔というのは、表情がないととても寂しそうに見える。匡紀は時々俊哉の目が完全な無表情になるのを知っていた。

冷ややかですらない——温度のない目。

「……俊哉は本当は従兄弟じゃないんだ」

三重子が口元にあてていたハンカチをゆっくりと下ろした。

「いや、従兄弟っていうのも間違いじゃないんだけど……母親同士が姉妹だから。だけど、父親が同じなんだ。だから本当は腹違いの兄弟なんだ」

今まで話そうとも思わなかった事実は、淡々となんのわだかまりもなく唇からこぼれた。

匡紀は思い出したように廊下の窓から空を眺めた。厚い雲に閉ざされた、太陽の見えない空だった。

「俊哉に初めて会ったのは中学一年生の時だ。俊哉は俺の想像とはぜんぜん違ってて……誰も信じないって目をして、いつも満たされなくて、苛立っているみたいだった。……不思議だったな。どうして高槻の家の子供が幸せそうじゃないんだろうって。俺はいわゆる愛人の子供だったから、俊哉は俺の欲しいものを全部持っているように見えた。なのに、幸せそうじゃなかったんだ」

あの目。時おり見せる、すがるような――

俊哉は何ひとつ強制したりはしなかった。会いたくないと言えば顔を見せなかった。憎んでいいと言われた。だから離れられなかったのは――

「時々思うんだ。俊哉の中には何かすごく大きな欠落があって……あんまりそれが大きいんで、何を持っていても幸せになれないんだ。その欠落があるからこそ、俊哉は表現者として優秀なのかもしれないけど、俊哉自身はそれでずっと苦しんでいるような気がする」

父親が嫌いで母親が嫌いで病院が嫌い。

俊哉には、身の回りのあらゆるものが鎖にしかならなかった。あらかじめないものが大きすぎて、心がそれに囚《とら》われてしまっていた。

「今でもよく覚えている。会って一年たたない頃だ。桜が雪みたいに降ってて……真夜中に、俊哉が俺のところに来たんだ。嫌な夢を見たと言って。とても怖がって……寂しがっていた。

俺は俊哉の手を握った。俊哉が眠りに落ちるまでそうしていた。手を握っていると、ほんの少しでも俊哉の寂しさを埋められる気がしたんだ。優しさでも同情でもなかった。ただそうしたかっただけ。俺はあの時、とても——」

言葉が見つからない。感情の名前を知らない。わけのわからないもので胸を塞がれて、呼吸もうまくできなくなる。

「嬉しかったんだ……」

4

『神様の降る樹』の舞台は、たった一日の公演を終えただけで中止になった。舞台俳優が路上で刺されるという事件はそれなりに新聞の三面記事を飾ったが、テレビや映画には出ていない役者だったため、あまり世間の興味を煽ることなく忘れられていった。

前売りされていたチケットは払い戻しに応じていたが、多くの客が払い戻しはせずに舞台の再開を待っていた。再開されたのは約二ヶ月がたってからだった。

致命的な損傷が臓器になかったのは奇跡的だった、と担当の医師は言った。あと数センチ傷がずれていたら、もしくは数センチ深く刺さっていたら、命の保証はなかったとも。

三週間の入院の後、運動は段階的にという医者の忠告をまったく無視して、俊哉は舞台の調整に入った。ベッドに縛りつけられて点滴を受けるという日々が続いていたため、かなり体力が落ちていたし、勘を取り戻すのに時間がかかったが、没頭しだすと他のことは忘れた。

刺した女のことを俊哉は知っていた。ファンだと声をかけられて、何度か寝た、あの——匡紀に似たところのある女だった。変に一途《いちず》な女でそのうちうっとうしくなってきて、冷たくして嫌われるように仕向けて別れた。その後何度か電話があったが、無視しているうちにふっつりと途絶えた。彼女からの連絡が途絶えると同時に、誰かに常に尾けられているような感覚を覚えるようになった。

だけどまさかあんな——二人で舞台をやっているからといって、三重子にナイフを向けるとは思わなかった。いい加減な自分のせいだ。全部自分のしたことの報いだ。今までしてきたことの。だから俊哉は女を訴えることはしなかった。

三重子とはあれ以来、舞台のこと以外で口をきくことはほとんどない。それでかまわなかった。あの夜のことを、なかったことにできたらどれほどよかっただろう。

匡紀は、あの朝あそこにいたことである程度のことを悟っていたはずだが、それについては俊哉に何も言ってこなかった。俊哉が三重子と距離を置いていたからか、それとも三重子と何か話をしたのかはわからないが、こまめに病院に見舞いに来ていたし、いつも穏やかな顔で笑っていた。

『神様の降る樹』は好評のうちに幕を閉じて、今までの俊哉の舞台の中でもっとも高い評価を受けた。三重子はこの舞台の成果で、名実ともに無窓舎の看板女優として知られるようになった。

二人芝居を終えると、俊哉は間をおかず遅れていた春の定期公演の準備に入った。熱と疲労と騒がしさに満ちた、いつもどおりの日常が始まった。

変わったものなんて何もなかった。あたりまえだ。何がどうなろうと、手に入らないものはいつになっても手に入らないのだから。

入院中に、「あたしの予言が当たったでしょ」と夏見が嫌味な真っ赤な薔薇《ばら》を抱いて見舞いに来てくれた。顔は不敵に笑っていたけど、やっぱり目が泣きそうだった。その夏見が、二人芝居の公演が無事に終了した祝いにとフルコースの夕食を奢《おご》ってくれた。

「あんた、顔が少し変わったわよ」

「そうかな」

「ウォーホルもヴァレリー・ソラニスに撃たれて変わったそうよ。誰かが書いてた。あれはウォーホルじゃなくてウォーホルダッシュだって。あんたは高槻俊哉ダッシュかしらね」

「そうかもな」

俊哉は投げやりに笑った。

夏見と別れて、雑踏の中を歩いた。電車やタクシーには乗りたくない気分だった。生ぬるくてほこりっぽい春の夜の空気の中を、人ごみに流されて歩いた。

こんなにたくさん人がいるのに――

あと百年もたてば、ここにいる人間はほとんど全員死んでいる。何をしてもしなくても、何が悲しくて泣いても、百年たったらみんな消える。

匡紀に会いたいと思った。あの声が聴きたい。声を聴くだけでもういい。触れたいなんて、二度と願わない。

ふらふらとよろけるように公衆電話のボックスに入った。数字を押す指が震える。促されるままに飲みすぎたワインのせいにした。

「……匡紀」

つながる前の呼び出し音に、何度も名前を呼びかけた。匡紀。匡紀。匡紀。つながった時には思わず黙り込んだ。

『俊哉？』

明るい声が呼びかけてくる。何も言わなかったのに、最初からわかっていたみたいに。

『俊哉だろ？』

「——匡紀」

やっぱり、と声は笑った。

『どうしたんだよ。なんかあった？』

「……べつに」

声が聴きたかっただけなんて、口が裂けても言わない。

『そうだ、あのさ、新聞に「神様の降る樹」の評が載ってたぜ』

「…そうか」

『なんか難しいことがたくさん書いてあったけど、おおむね誉めてるみたいだった』

「おおむね、みたい、ね」

匡紀は楽しそうな笑い声をたてた。

『でも、全国紙に劇評が載るだけでもすごいよ』

できあがってしまうと他者の評があまり気にならない俊哉は、適当に相槌を打った。

『俺もさ、なんかすごいなって思った。うまく言えないけど……俊哉って、ああ三重子も、ほんとに役者なんだなあって思って。……ああだめだな。何言ってんだろ。そんなこと最初からわかってるよな』

公衆電話は待ち合わせによく使われる広場の端にあった。匡紀と話している間に、たくさんの人間が自分の探す人を見つけて、声高に話しながら笑顔で去っていく。ごはんどうしようか。ひさしぶりだな。遅いよ、もう。会話の断片だけを拾っていると、寂しい人も悲しい人もいないように思える。だけどそんなはずもないと知っている。

『……なあ。あのさ、こんな電話なんかで言うことじゃないかもしれないけど……あの時、おまえが手術を受けてる時にさ、その手術室のドアの前で、ずっと考えてたんだけど……もしも、もしもこんなふうじゃなかったらさ』

どこかためらっているような、歯切れの悪い口調だった
『俊哉が俺の弟じゃなくて、血なんかつながってない赤の他人で、たとえばクラスメイトみたいにあたりまえに出会ってさ、くだらないことやどうでもいいことを普通にたくさん話して、腹を立てたり許し合ったり、そんなふうにして、そんなふうになんの壁も枷《かせ》もなかった

ら』

太陽の下で笑って手をつなげるような、そんな？

『もし、そんなふうだったら……』

もしそうだったら、匡紀、おまえを――

『俊哉、おまえを――』

その時、一瞬――雑音にかき消されそうな公衆電話の遠い電話線の底で、何かが、たしかに何かがほんの一瞬だけ通じたような気がしたけど――

『こんなこと、いくら言ったって仕方ないよな』

夢から醒めたような匡紀の声でそれは途切れた。

『忘れるところだった。俺、俊哉に話があったんだ。ちょうどいいから今言うよ。俺、三重子に結婚を申し込もうと思うんだ』

「――」

『三重子とだったらさ、たとえあと百年命があっても、一緒にやっていけると思うんだ』

照れ笑いを含んだ声で、匡紀はそう言った。

百年命があっても――

……これが匡紀だ。自分が、百年たったらどうせみんな死ぬと考えている時に、匡紀は百年一緒にいたい人間を探すのだ。

『幸せにしたい。三重子を幸せにすることができたら、俺も幸せになれるような気がする』

優しい声はその優しさで俊哉の心臓を刺した。

『祝福してくれるだろう?』

だけど三重子は。

俊哉は言葉を飲み込んだ。今言わなかったらたぶん二度と言えなくなるだろうと思ったけど、それでも言えなかった。

『——俊哉。この間の質問の答えだけど』

「……え?」

『崖の上で、ってやつ。俺、ずっと考えてたんだけど……やっぱり、三重子は見捨てられないよ。どうしたってそんなことはできないんだ。三重子は絶対に助ける。……それに、俺にはおまえを支えきることも、受けとめることもできないよ。そんなに強くないんだ。だから』

「……だから?」

だから俺の手を離すのか。

今そうするみたいに。

『だから』

笑っているような明るい声で匡紀は言った。

『三重子を助けて力尽きちゃったら、後はおまえと一緒に落ちることにするよ』

「——」

手を——

手を握っていて欲しいと、離さないで欲しいと、願ったのはそれだけだった。

(大丈夫。ずっとこうして握ってるから)

(だから怖がらなくていいよ)

桜の降る四月の夜に手をつないだ。暖かい春の雨みたいな優しい手。

あの指。あの声。あの静かな息遣い。

あの部屋からこんなに遠くに来たのに、こんなにたくさんのものを切り捨ててきたのに、捨てられなかったのはどうしてだろう。

『俺にできるのはそれくらいなんだ。だからそれでかんべんしてくれよ』

コンクリートの床にぽたりと濃い灰色の染みができた。ぽたぽたと続けていくつも。ボックスの中に雨は降らない。ああ自分は泣いているなと思った。

『なあ俊哉。俺、幸せになるよ。だからおまえも——おまえも幸せになってくれよ』

無理に明るくしたような匡紀の声が続ける。落ちる涙も知らずに続ける。

『憎みたいから言っているんじゃないんだ。もう俺はおまえを憎みたくなんかない。おまえに、ちゃんと幸せになって欲しいんだ』

涙は止まらなかった。後から後から流れ続けた。往来の、派手に着飾った人たちが熱帯魚みたいにひらひらと行き交う広場の端で、公衆電話の受話器を救命道具みたいに握りしめたまま、俊哉は泣き続けた。窓を開けてくれるはずだった、たったひとりの人の声を聞きなが

ら。

『……今になってようやくわかるけど、俺、最初からそれだけを望んでいたような気がする。母さんとか父さんとか関係なくて、ただ……なんでもいいからただ俊哉が、幸せでいてくれたらいいって』

「……匡紀」

かすれた声は相手に届かなかった。

——匡紀、おまえを。

『ああ、もう行かないと。これから三重子と会う約束をしてるんだ。プロポーズしてくる』

おまえを愛している。

『俊哉に一番に報告するよ。振られたら一緒にヤケ酒飲んでくれ。その可能性も考えとかないとなあ』

生涯愛し続ける。

「匡紀、俺…」

『ごめん。ほんとに時間がないんだ。三重子に怒られちまう。後で電話するから』

「匡紀…っ」

急いだ声の電話は突然切れた。

そして、それが最後の会話になった。後で電話するから、というその声が。

地下鉄の駅を出て待ち合わせの店に足を急がせながら、匡紀はジャケットを脱いで小脇に抱えた。忙しさにかまけているうちにずいぶん暖かくなった。そろそろクローゼットの中身を入れ替えなくちゃいけないなと考える。

時間に遅れそうだったので、近道をしようと表通りを一本外れて人も車も少ない通りに入った。途端に砂を巻き上げる強い風が横から吹きつけてくる。その風に乗って薄い桃色の花びらが一枚、眼前に踊り出てきた。匡紀に見せつけるようにくるくると舞う。

(もうそんな季節か…)

朝から夜中まで、時には朝から次の日の晩までコンクリートの囲いの中に閉じこもっている生活は、体感的な季節の感覚を奪う。花見という単語さえ今年は思い出さなかった。

花びらの出所を目で探す。道路の向こう側に、ビルとビルにはさまれた小さな公園があった。桜の樹は一本だけ。その下にベンチが見える。たぶん平日の昼間には近くのOLがランチを広げたり、外回りの営業マンがひと休みしたりするんだろう。桜の向こう側の街灯が花の陰に透けて見えて、黒と灰色の景色の中で夢のように綺麗だった。

急いでいたことも忘れて、匡紀はその場に立ち止まった。風に散らされた花びらがいくつもいくつも途切れることなく、匡紀のいる場所まで吹かれてくる。誘われるようにそちらに足を向けた。花はどれだけ散っても果てがないように思えた。

『神様の降る樹』を思い出した。匡紀が思い出したのは、まだ劇団が今の状態になる前の、人数も少なくて決まった稽古場もない頃の初演の舞台だった。あの頃は自分も大学生だったから、人手の足りない裏方の仕事をよく手伝っていた。

恋人を殺して森に逃げてきた男の見る幻想と回想。あの舞台では、ステージの真ん中に大きな樹が一本立っていて、絶えず花を降らせている。森では恋人の幻が立つ場所として、回想の中では二人の逢瀬《おうせ》の目印として。恋人を殺したシーンでは、花は嵐のように吹き荒れる。

そうして、男は恋人の血に濡れた両手を広げて、こう言うのだ。

——ああ、神様が降ってきた……

その時のことを思い出して、匡紀はつい微笑んだ。あの花びらは、団員が総出で手作業で紙を切って作ったものだ。匡紀もその作業を手伝った。それでも舞台中絶えず降らすためには大量の紙片が必要になる。そこで、舞台の端から風を送り、反対側の端で吹かれてきた紙片を回収して、またそれを繰り返し上から降らせた。悲劇的な舞台の後ろで、ずいぶん裏方の苦労した舞台だった。

自然ではそんな小細工は必要ない。誰のどんな意図も関係なく、花は春になれば降る。誰の上にも、等しく優しく。

(神様が降ってくる、か…)

——神様。

舞台の上の俊哉のように、軽く腕を広げて手の中に花を降らせてみる。

神様。僕はあなたを恨みません。

僕が戸籍上の父親を持たない子供であったことも、僕と俊哉がこうでなくてはいけなかったことも、僕はもう恨んだりしない。

母は僕を愛してくれました。それは一片の疑いもない真実です。父だって、父なりのやり方で愛してくれたように思う。

そして——

俊哉があの俊哉じゃなければ——半分血のつながった、あの目であの心であの体の俊哉じゃなければ、僕は彼をこんなふうに想うことはなかったでしょう。

……神様。

目を閉じて、深く深く祈る。この手の中に降っているならその神に。

どうか彼を幸せにしてあげてください。

開いた窓から吹いてくる気持ちのいい風を彼にあげてください。

そうしていつも、俊哉の上に優しい花が降りますように——


頭の中でずっとサイレンが鳴っていた。それを聞いたはずのない音が。サイレンに合わせて赤い光が瞼の裏でぐるぐると回って、俊哉の目を眩《くら》ませた。

「——誰だよ…っ」

匡紀の顔の半分は包帯で覆われていた。震える手で白いシーツをめくると、足の片方がかたちがなかった。

「俊哉さん…っ」

自分の隣で女が泣いている。

「誰が匡紀を轢いたんだよ！　そいつここに連れてこいよ！」

霊安室の壁を蹴りつけて、拳で殴りつけた。拳が裂けて血が滲んだけど、痛いとも思わなかった。

「俺が殺してやる――」

三重子がその拳に必死でしがみついてくる。泣きながら訴える。

「証人がいるのよ。匡紀が横断歩道でもないところで車道を渡ろうとしたって。匡紀は周りを見ていなかった。何か別のものに気を取られていたみたいだって」

信じられない。あの体にもう温度がないなんて。あの口が言葉を発することはないなんて。あの指がもう自分の手を握ってくれることはないなんて。

信じられない。こんな理不尽なことは信じない。誰がなんと言ったって信じてなんかやらない。

「その人が言ってた。匡紀は――道の向こう側の桜の樹に、吸い込まれるように近づいていったって」

乗用車に跳ね飛ばされた匡紀を、よけきれずに対向車線の車がもう一度轢いた。即死だった。世界がよってたかって匡紀を殺したように思えた。

（匡紀、匡紀、匡紀——）

嘘だ。こんなことは信じない。これは何かの間違いだ。罰が下るのならそれは自分のはずだ。匡紀は何もしていない。ただ優しかっただけじゃないか。

「俊哉さん…っ」

壁を殴り続ける俊哉を、三重子が抱きしめて無理やり壁から引き剝がした。勢いあまって重なり合うように床に転がる。それでも俊哉は床に拳を打ちつけた。

（信じない、信じない、信じない——）

そう繰り返せば嘘になるような気がした。認めなければ、匡紀が帰ってくるような気がした。

神様。これは何かの間違いだ。匡紀を返してください。返してくれたらなんだってする。命だってくれてやってかまわない。

「匡紀——」

俊哉はうずくまって自分の体を自分で抱いた。耳鳴りがする。自分を囲む壁や床がぐらりと揺れた。

額を床に打ちつけた。自分の体を痛めつければ、匡紀を返してもらえるような気がした。意識を手放すまでそうしていた。

無窓舎の春の定期公演は、脚本と演出を兼ねる人物を欠きながらもなんとか上演にこぎつけた。ほとんどの演出はすでについていたので演出助手が舞台をとりしきっていたが、座長のいない舞台は生彩を欠き、団員の士気もまるで上がらなかった。とくに主役クラスの菅原三重子の演技がぼろぼろで、公演ごとに評価を上げてきた無窓舎の評判はがた落ちになった。そして次の公演の見通しの立たないまま、春は過ぎて次の季節が始まろうとしていた。

俊哉は稽古にもリハーサルにも本番にも顔を出さずに、自宅に閉じこもっていた。事務所のマンションには足を向けなかった。あそこには入れかわり立ちかわり団員がやってくる。誰にも会いたくなんかなかった。

眠ると嫌な夢を見る。それが耐えられなくて、浴びるように酒を飲んだ。それでも悪夢はまとわりついて、意識の表面にべっとりと油のように浮いた。

神経内科を受診して眠れないと訴えて、睡眠導入剤を処方してもらった。それで死ねないことは知っていたが、何日分かためて酒と一緒に一気に飲んだ。

少しも気分のよくない藻《も》にからまれるような眠りの中で、時おり誰かが壊れそうなほどインタフォンを鳴らしてドアを叩いた。ああうるさいなと思っただけだった。望む人は、もう二度とドアを叩いてはくれない。

眠っては悪夢に飛び起きて、目尻に涙をためながら吐いた。吐ききると疲れきってまた眠った。その繰り返しだった。

時々は優しい夢も見た。昔の夢。古い神社でテツと遊んだ日々、匡紀の母親と三人で食事したこと。

何度も繰り返し思い出した。思い出せば苦しいだけなのに、苦しい夢に慰められてやめられなかった。

——おまえはまるで目隠しをして崖っぷちを歩いているみたいだ。

そんなふうに言ったのは匡紀だけだった。誰も俊哉の持っているものにばかり目を向けて、持っていないもののことなんか考えてもくれなかった。

——最初からあげられるものなんか何もないのに。

嘘だ。最初からいつもいつも、匡紀は彼の一番欲しいものをくれた。間違わなかった。彼に何かを与えようとした人間はたくさんいたけど、それをくれたのは匡紀だけだ。

救って欲しいとも、支えて欲しいとも望んだりはしなかった。

ただ、手を握っていて欲しかっただけなのに——

「……匡紀」

息をするのも苦しかった。失くしたものの大きさに、体が引き裂かれるような悲鳴をあげた。

最初に手をつないだあの夜から——匡紀は彼の心をがんじがらめにして、離さなかった。

優しい声で、優しい指で、俊哉を根こそぎ縛りつけた。

昼も、夜も、会わない日々も。

そうしてそのままひとりで行ってしまったのだ。

耐えられないと思った。耐えられるものじゃなかった。耐える意味なんかないと思った。

あの心がないのなら、この体ももういらない。


壁を震わせるほど強くドアが叩かれていた。インタフォンは鳴らない。うるさくてコードを切ったから。

けたたましく何度も鳴った後、ドアはしんと静まった。しかし、一度収まったと思ったらまた、ドンドンという音が横たわっている体に響いてきた。今度は庭に面したリビングの掃き出し窓を誰かが外から叩いているらしかった。俊哉は澱《おり》の底に沈んだような意識の中で、かすかにそれを聴いた。

「俊哉さんっ、俊哉さん！」

男の声が聞こえた。誰だかよくわからなかった。耳はそれをとらえたけど、心はなんの反応もしなかった。指の先が冷たいなとぼんやり考える。どこか深いところへと引き込まれていく意識を、抵抗もせずにあっさり手放そうとした。

「俊哉さん！」

（……うるさい）

どうしてそんなに大きな声を出すんだ。もう放っておいてくれ。

引き込まれていく先はとても静かで暗くて、心が落ち着きそうだったのに。

「俊哉さん、すいません。後で弁償しますからっ」

声と一緒に高く大きな、ガラスの割れる音がした。

「俊哉さん！」

声が飛び込んでくる。乱れた足音がばたばたと走りまわる音がして、そのうち俊哉の横たわる狭い空間に近づいてきた。半開きになっていたすりガラスのドアが乱暴な音をたてて開かれた。

一瞬息を呑む気配がして、すぐに濡れた左手がつかまれた。何か布で手首を強く縛られる。

ああ、そんなことをしたら血が止まっちまうじゃないか。せっかく止まらないようにバスタブに水を張ったのに。かすんだ意識の横で他人事のようにそんなことを考えた。

「俊哉さん！」

うるさい。うるさい。うるさい。

「俊哉さん、俊哉さん、しっかりして」

ひどく乱暴に頬をはたかれる。返す手の甲で反対側の頬も。

「だめですよ。まだ聞かなくちゃいけないことがあるんだから」

もう聞くことなんかない。何も聞かない。

「聞いたら僕に感謝すると思います。そしたらお礼に映画撮らせてくださいね」

内容とは正反対に震えた声を聞いたのを最後に、意識は白くなった。


桜が降る。花が降る。ひらひらと、音もなく、もういない恋人の残像の上に。

——神様が……

(俺、最初からそれだけを望んでいたような気がする)

——神様が降ってくる。

(母さんとか父さんとか関係なくて、ただ……)

目を開けて自分のいる場所を確認した時に感じたのは、軽い失望だった。医者や看護婦がかわるがわる話しかけてくる。なんだか現実味がなくて、マネキンの口だけが動いているように見えた。

面倒で放っておくとそのうち雑音は消えた。漂うように眠りに落ちる。起きていても眠っているような気がした。現実が夢に似ているのか、夢が現実に似ているのかわからなかったけど、そんなことはどっちでもよかった。

はっきりと覚醒《かくせい》したのは、いきなり平手で頬を叩かれたからだった。人の気配を感じてぼんやりと目を開けると女が立っていて、マネキンじゃなくて知っている女だなと思ったとたんに、ゴムを打ちつけたような音が耳元でした。感覚はその後に来た。痛いというより熱かった。熱いなんて忘れていた。ずっと冷たいところにいたから。

「しっかりしてよ…っ」

三重子は赤くなった片手をもう片方の手で握りしめながら、俊哉を睨みつけていた。睨みつけたままそう言ったかと思うと、ゆらりと顔を歪ませてぼたぼたと涙を落とした。

「お願いだから、しっかりして…っ！」

三重子はシーツの中から手首に包帯の巻かれた俊哉の腕をつかみ出した。ひどく乱暴なしぐさで、ベッドの横に立つ自分の腹部にそれを押しあてる。

「ここに匡紀の子供がいるの」

声は平手よりも強烈に俊哉の目を開かせた。

「……なんだって？」

「あなた、あの時言ったわよね。自分には子供ができないって。だからこれは間違いなく匡紀の子なの。匡紀のくれた、匡紀の残した命よ」

俊哉は緩慢な動作で身を起こした。言葉が心に浸透するまでずいぶん時間が要った。

匡紀の命。――匡紀の子供？

「匡紀が好きでいいことがなかったなんて、どうして言うの。好きだったんでしょ？　温かったわよね。嬉しくて、胸がいっぱいになったりしたんでしょう。そういうの、どうして消そうとするの」

三重子は顔中くしゃくしゃにしながら子供みたいに泣いていた。俊哉の腕をつかんだ手に力がこもる。包帯の下の傷口に、どくどくと血が通うのを心臓で感じる。

「あたしが覚えてるから。あたしがちゃんと、匡紀のこともあなたの想いのことも覚えてるから。あたしが育てるの。匡紀の子を」

自分の腹部にあてられた俊哉の手を、三重子は両手で力をこめて押さえた。触れている部分は布地越しにも温かかった。

「これは匡紀がくれた命よ。匡紀がここに、この世界に、あたしたちの側に、ちゃんといたって証《あかし》の命よ。あたしが育てるから…っ」

振り絞られる涙がぽたぽたと落ちる。床の上に、シーツの上に、包帯を巻いた手首の上にも。

「だからお願い…っ」

匡紀が好きで、いいことなんかひとつもなかった。

それは本当だった。苦しいばかりだった。

だけどあの声は——なんて優しかっただろう。あの手はなんて胸が詰まるほど温かかっただろう。

匡紀がいなかったら、手のひらの温かさの意味さえ知ることがなかった。

桜が降る。花が降る。匡紀の上に。自分の上にも。

大丈夫だよ。

優しい言葉になって降る。

三重子の体から手のひらに体温が伝わってくる。まだ平らで、命が宿っているなんて嘘みたいだった。

俊哉はそこに額を押しあてた。繰り返される三重子の言葉ももう聞こえなかった。匡紀の声しか聞こえなかった。

——なんでもいいからただ俊哉が……

電話越しの最後の会話を、壊れた機械みたいに何度も再生する。涙が出た。忘れていた涙だった。自分の体と心のうちから流れ出てくるそれは、以前に流した時と同じように熱かった。

「……匡紀」

温かい肌。温かい血の流れ。聞こえるはずのない温かい鼓動。死んでしまった者の命。これから生きる命。

——ただ俊哉が、幸せでいてくれたらいいって。

あとがき

みなさまこんにちは。高遠春加です。冷や汗が出るほどおひさしぶりですね。どうにかこうにか出せました。三冊目。う、嬉しい…。三冊目は番外編が幅をきかせております。ほんとは別の話を書こうと思っていたのですが、なぜかこうなりました。でも書きたかった話なので満足だ。俊哉はひそかに気に入っているのです。役者。役者はいいよなあ。好きだ…。

いちおう番外編ですが、本編を読んでいなくても大丈夫です。本編を読んでいる方、二人の帰結についてはあらかたご存知でしょうが、当人同士から見ればまた一興かと（そうか？）。

『打ち上げ花火～』に関しては、初めての方はちょっとわかりにくいかも。先にあやまっちゃいますが、またちょっと時間軸が前後してますね。これは『地球は君で～』のちょっと前の話になります。だから匡一の両親の真相に関しては二人とも知らないわけです。でもまあ、本編の流れにはあまり関係ないので…。設定だけはあった七瀬家&吉祥寺家のシスターズ&

ブラザーズが書きたかった。そんだけ。

今回も映画からタイトルを取っていますが、『打ち上げ～』はともかく、『最後から～』の元ネタがわかる方はいないんじゃないだろうか。ていうか、いたらお手紙ください！　私にとっても幻の映画なのです。

ごあいさつ。今回は東山紫稀さまにイラストをお願いしています。シャープで色っぽい線を描かれる方です。ラフの俊哉がかっこいいんだよ。ふふふ。楽しみー。どうもありがとうございました。

F山さま。いつもいつもほんとに……うっうっ（泣いてる）。自分がこれほど自覚ありの状態で人様に迷惑がかけられるだなんて……ちょっとショックな今日この頃です。しょ、精進しまーす。

そして読んでくださった方。ありがとうございます。このせちがらい世の中、時間やお金を費やして読んでもらえるのは本当にありがたいです。元、取れましたか？

えーと、次はなんだろう。ちょっとわかりませんが、できることならもうちょっと早いうちに、またお会いできればいいなあなんて思います。ではまた！

高遠春加

*本作品は書き下ろしです。

CHARADE BUNKO

最後《さいご》から一番目《いちばんめ》の恋《こい》 神経衰弱ぎりぎりの男たち3

著者：高遠《たかとお》春《はる》加《か》

印刷：堀内印刷所

製本：ナショナル製本

発行：株式会社 二見書房

〒112-8655 東京都文京区音羽1-21-11

Tel. 03-3942-2311

振替00170-4-2639

ISBN4-576-01002-6 Printed in Japan